中公新書 1790

廣野由美子著

批評理論入門

『フランケンシュタイン』解剖講義

中央公論新社刊

まえがき

小説はいかに読むべきか

小説の読み方には、小説の内へ入ってゆく方法と、小説から外へ出てゆく方法とがある。ルネ・ウェレック（René Wellek）とオースティン・ウォレン（Austin Warren）は『文学の理論』（一九四九）において、前者を「内在的」アプローチ、後者を「外在的」アプローチと呼んでいる。内在的アプローチとは、小説の形式や技法、テクストの構造や言語を調べることで、しばしば形式主義（formalism）と呼ばれる。それに対して、外在的アプローチは、文学テクストが世界の一部であるということを前提として、文学以外の対象や理念を探究するために文学テクストを利用する。

近年では、外在的方法を基本とする批評理論が注目を浴びるようになり、文学テクストの内へと向かう技法研究は、古色蒼然《そうぜん》たるもののように見られる傾向がある。しかし、批評理論を知っているからといって、小説が読めるということにはならない。具体的な作品を抜きにして理論について語ることは、空《むな》しい。小説が言語によって書かれたものである以上、テクストを中心に置くことなしに批評が先行することはありえないはずだからだ。もしテクストを抜きにした議論であるならば、それは批評研究であっても、小説研究ではない。小説を研究するためには、まずそのテクストの成り立ちを調べること、つまり技法的側面から分析することが不可欠なのである。

しかし、テクストを取り囲んでいる世界を遮断し、ひたすら作品の内側だけを眺めているのは、狭い読み方だ。ましてや、たんに印象や直観のみに頼って作品を解釈するのは、貧しい読み方だと言わねばならない。私たちは、批評理論という方法論を持つことによって、自分の狭い先入観を突破し、作品の解釈の可能性を拡大することができる。たしかに、それは容易なことではない。他人が作った理論を理解しようとするとき、私たちの頭の中でそれを鵜呑《うの》みにすることへの抵抗が生じるからだ。他方、その理論を用いることによって小説の新しい読み方が発見できたときには、喜ばしい。この苦しい抵抗と喜ばしさとの間で行き来しつつ、小説を読む力を研ぎすませてゆくことによって、私たちの印象はさらに鮮やかなものへ、直観はさらに鋭いものへと磨かれてゆくだろう。「読む」ということの土台として、読者の印象や直観が大切であることに変わりはない。

昨今では、批評理論についての書物は数多くあるが、具体的な読み方の実例をとおして、小説とは何かという神髄を、偏りなく示したものは、あまり見られない。そこで本書では、小説技法と批評理論のどちらか一方ではなく、両方が重要であるという基本的考え方のもとに、小説の読み方に両面から迫った。第I部では小説技法、第II部では批評理論という側面から考察し、二部構成とした。

では、読み方の実例を示すために、具体的にどのような作品を取り上げるべきだろうか。古今東西の数多くの小説を挙げるという方法もあるだろう。しかし本書では、あえてただひとつの小説に議論を絞ることにした。小説の神髄を明らかにするのに、必ずしも多くの材料は必要としないからだ。むしろ焦点を拡散させず、徹底的にひとつの作品に集中することによって、小説とは何かという問題を探究することが、本書のねらいである。

なぜ『フランケンシュタイン』を読むのか

『フランケンシュタイン――あるいは現代のプロメテウス』(*Frankenstein, or The Modern Prometheus*)は、いわゆる小説らしい小説ではない。恋愛が書かれていないこと。平凡な日常生活が描かれていないこと。あまりにも醜くグロテスクなものが描かれていること。このような点からすると、少なくとも、イギリスの主流小説であるとは言えない。しかし、小説とは何かという問題について論じるにあたって、ただひとつの材料を選ぶとすれば、やはりこれほど格好の題材はないだろう。

第一に、だれもがタイトルを知っていて、それについてのイメージを持っているという単純な理由がある。おそらく文学作品の主人公で、これほど有名な人物はまれだろう。作者はイギリスの小説家メアリ・シェリー(Mary Wollstonecraft Shelley, 1797–1851)で、原作の初版は一八一八年に出版された。しかし、このことを知る人は意外に少ない。小説としての『フランケンシュタイン』は、あまり読まれていない作品である。

では、なぜフランケンシュタインの名は、これほどまでに知れ渡っているのだろうか。それは、この作品のなかに、人の心に取り憑《つ》いて離れない何かがあるからだろう。墓場をさまよう狂気の科学者。死体の寄せ集めからできた人造人間。おぞましい怪物による殺戮《さつりく》。怪物とその創造者との応報の戦い――このような題材を組み立てれば、すぐにも人の興味を引く話が出来上がる。かくして、映画、演劇、漫画などの無数のヴァージョンをとおして、『フランケンシュタイン』は伝播《でんぱ》していった。では、『フランケンシュタイン』の本質は、そうした翻案化によって人々に伝わったのだろうか。答えは否である。『フランケンシュタイン』は、言語を媒体とした小説という形式でなければ表現できない作品なのだ。本書でこの作品を取り上げる第二の理由は、まさにその点にある。

どんな小説でも、他のメディアに置き換えられることによって、変質してしまう。だからといって、小説はまったく翻案化が不可能だということではない。たとえば、トマス・ハーディ（Thomas Hardy, 1840–1928）の小説には、映画監督がそのまま映画化しやすいような映像的性質を含んだものもある。ジェイン・オースティン（Jane Austen, 1775–1817）の小説も、ドラマ化することによって、作品の本質の一部が効果的に伝えられる場合もあるだろう。しかし、『フランケンシュタイン』やエミリ・ブロンテ（Emily Brontë, 1818–48）の『嵐が丘』

である。（*Wuthering Heights*, 1847）は、繰り返し映画化されつつも、もっとも翻案化が困難な類の小説である。

たしかに『フランケンシュタイン』には、他のメディアを刺激する要素がある。第一の要素は、作品に登場する「怪物」の存在だ。フランケンシュタインの造った怪物は、人間の目で見るに堪えないほど醜いと、小説には書かれている。これほど恐ろしくおぞましいものはないと、フランケンシュタインは述べているし、怪物を目撃した語り手ウォルトンもそう言っている。怪物を目にして、ある者は気を失い、ある者は「超人的な」スピードで逃げ出した、と書かれている。それを視覚的なメディアによって表現するということ自体に、矛盾が含まれているのだ。これまで多くの映画が競い合うように醜い怪物を作り出してきたが、いったん映像化されてしまうと、醜さもたかだかその程度ということにとどまってしまう。大方の観客は、それを観ても気を失わないし、映画館から「超人的な」スピードで飛び出したりしない。したがって、怪物の醜さは、読者の想像力に無限に訴えかけることのできる言語というメディアによってしか、表現することができないのである。

怪物は醜いゆえに、小説のなかでもつねに「見られる存在」である。作中で、怪物の立場に立っていささかなりとも怪物を理解しようとした人物は、ただひとり盲目の老人だった。彼は、怪物から打ち明け話をされたとき、「私は目が見えず、あなたの顔はわからないが、あなたの言葉には何か誠実だと思わせるものがある」と言う。怪物の内面を見ることのできただひとりの人間が、視覚を奪われた者であったということは、注目に値する。つまり、この小説を視覚化することは、怪物を一方的に「見られる存在」に規定してしまうことにほかならず、怪物の側から「見る」可能性を遮断してしまう。ところが小説では、怪物自身の視点から眺められた「怪物の語り」が、数章にわたって挿入されている。したがって『フランケンシュタイン』は、「語り」という小説形式特有の構造に立脚した作品であると言える。

『フランケンシュタイン』は、長らく文学批評の世界で無視されてきて、過去二、三〇年の間に、にわかに多方面から批評の対象として注目されるようになった。批評史が浅いゆえに、比較的文献資料が収集しやすかったこと、フェミニズム批評や文化批評をはじめ、さまざまな新しい理論を刺激する目立った要素が、作品に含まれていることも、この小説を取り上げた理由の一部である。

また、作品の内側に目を向けると、語りの方法やプロット構成をはじめ、すぐれた技巧が凝らされていること、豊かな間テクスト性を秘めていることなど、この小説が分析対象としてふさわしい理由は、数多く挙げられる。

『フランケンシュタイン』を読むことは、小説とは何かという問題を追究することにつながる。以下の本論で、それが次第に明らかになってゆくだろう。

批評理論入門◎目次

批評理論入門——『フランケンシュタイン』解剖講義

『フランケンシュタイン』の作者、メアリ・シェリー

I　小説技法篇

1 冒頭 beginning

『フランケンシュタイン』の起源

この小説が生まれる発端は、一八一六年、メアリがスイスを旅していたときのことだった。彼女は、妻のある詩人パーシー・シェリー（Percy Bysshe Shelley, 1792–1822）と恋に陥り、彼とともに駆け落ちして、ヨーロッパ大陸へと向かった。彼らはスイスで詩人バイロン卿（George Gordon Byron, 1788–1824）と合流し、彼の発案で、退屈しのぎにめいめい幽霊話を書こうということになった。これに触発されて、メアリの脳裏に浮かび上がってきたイメージが、『フランケンシュタイン』の原型となる。ちなみに、一座に加わっていた医者ポリドリ（John William Polidori, 1795–1821）が、この時の自作の怪談をもとに書いた話が、有名な『吸血鬼』（*The Vampyre: A Tale*, 1819）である。

メアリは、バイロンとシェリーが、無生物に生命を与えたり死体を蘇《よみがえ》らせたりするにはどうしたらよいかというような話を、明け方近くまでしているのを、傍らで聞いていた。床についても眠れぬ時を過ごすうち、メアリは目を閉じたまま、突然あるヴィジョンを見た。それは、青ざめた研究者が、自分が組み立てて造ったものの傍らにひざまずいていて、人の形をしたその醜悪なものが、生命を帯びて動き始めるという光景だった。

ぞっとしたメアリは思わず目を開けるが、その光景はなお、彼女の目の前から消えない。

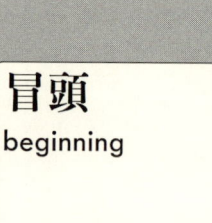

そのとき彼女は、これならじゅうぶん怖い話が書けると、ひらめいたのだった。翌日さっそくメアリは、創作を開始する。それは昨夜見た光景をそのまま写したもので、書き出しは、「一一月のある陰鬱《いんうつ》な夜のこと……」という言葉から始まる。

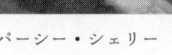

最初メアリは、ほんの数ページの短篇を書くつもりだったが、パーシーの勧めで、それを大幅に発展させることにする。こうして一八一八年、小説『フランケンシュタイン』の初版が出たのである。そのさい、作者名は伏せられ、パーシーの書いた匿名の「前書き」が添えられた。パーシーの死後、一八三一年、メアリはこれに修正を加え、自分で「序文」を書いて新たに付け加え、作者名を明らかにして第三版を出した（本書では、この第三版をテクストとしている）。

バイロン卿

パーシー・シェリー

小説の冒頭

さて、私たちが現在目にする『フランケンシュタイン』の冒頭部（初版も第三版も同じ）は、メアリが最初に書いた幽霊話とはまったく異なり、次のような手紙文から始まっている。

イングランドのサヴィル夫人へ

一七――年一二月一一日、ペテルブルグにて

あなたは、ぼくの企てに対して悪い予感がすると言っておられましたので、まだ災いが起きていないと聞いて、喜んでくださるでしょう。ぼくは昨日、こちらに着きました。まず最初の仕事は、ぼくが元気にしていて、この企てを成功させる自信が増してきたことを、大事な姉さんにしっかりお伝えすることです。

（第一の手紙）

この書き出しに続く数ページの手紙は、「あなたを愛する弟R・ウォルトンより」という署名で結ばれている。書き出しの続きを読めば、このウォルトン青年は、どうやら長年の夢を果たすべく北極探検に出かける道中、ペテルブルグの町から、イングランドにいる姉に宛てて手紙を書いているらしいということがわかる。彼は、人跡未踏の地に初めて踏み込み、新しい航路を開くという野望に胸をふくらませている。その口調は熱く興奮気味で、やや不安定な性格の持ち主であることも、手紙から察せられる。

この手紙には、フランケンシュタインも怪物もまったく出てこない。第一の手紙のあと、

第二、第三、第四の手紙が続き、ようやく第一章が始まる。そしてページを繰ってゆくと、第五章私たちがあの「一一月のある陰鬱な夜のこと……」という文にようやく出会うのは、第五章のはじめである。

なぜ、メアリは冒頭部を変更したのだろうか。怪物が生まれるところから物語を始めるまでは、なぜだめだったのか。それは、これが「小説」の冒頭であって、たんに人を怖がらせるための怪談の書き出しではないからだ。小説の冒頭部とは、作者が自分の作品全体を見渡しつつ、もっとも苦労して書く部分である。あらかじめ、数週間も数か月もかけて構想を練ったうえで、ようやく冒頭部を書き始めるという小説家も珍しくない。エドガー・アラン・ポオ（Edgar Allan Poe, 1809–49）は詩論「構成の原理」において、作家は結末までプロットが出来上がったうえで、初めて執筆にかかるべきだと言っている（Poe, p. 193）。

読者にとって冒頭部とは、デイヴィッド・ロッジ（David John Lodge, 1935– ）が『小説の技巧』（一九九二）で述べているように、現実世界と虚構の世界とを分かつ「敷居」のようなものである（Lodge, pp. 4–5）。敷居をまたいだあと、読者は小説世界のなかの情報を、あれこれ頭にたたき込まなければならない。人物の名前、人間関係、時、場所などの情報を記憶しつつたえず推測を働かせなければ、物語についてゆけなくなる。その世界の雰囲気や、語り手の言葉遣い、口調の特徴なども、重要な情報である。そういう意味では、冒頭部は、読者にとっては負担の大きな部分だ。第五章は次のように始まる。

一一月のある陰鬱な夜のこと、私は苦労して造った完成物を、じっと見ていた。苦しいばかりの熱意に駆られ、私は足もとに横たわっている命のない物体に生命の火花を吹き込もうと、命の道具をまわりにまとめた。（第五章）

これがもし小説の冒頭部であったなら、読者は容易に敷居をまたいで虚構の世界に入ってゆくことができない。少なくとも、メアリはそう思ったらしい。映画館の座席に座り、真っ暗になって、いきなりこの場面が出てくれば、私たちは否応《いやおう》なく虚構の世界に入ってゆくことができるかもしれない。しかし、小説の読者なら、「私」とはだれなのか、何年ころの一一月なのか、場所はどこなのかといった基本的情報を、なるべく早く与えられなければ、読み進めるのが負担になってくる。なにより、命のない物体に生命を吹き込むことがなぜ可能なのかという大きな疑問が、このような始まり方では、支えきれなくなる。いかにも作り話っぽいという印象を持つ読者もいるだろう。

しかし、イングランドに住むサヴィル夫人へ宛てて、その弟がペテルブルグから出した手紙ならば、最初は何のことを言っているのか少々わかりにくいにしても、私たちは他人の手紙を覗《のぞ》き込むような感じで、容易に小説の世界に入ってゆくことができる。「一七——年」というように、正確な年号は伏されているが、日付がついていることからも、現実味を帯びている。このようにメアリは、非現実的な物語を、現実的な手紙という枠組みのなかに収めることによって、その内容に信憑性《しんぴょう》を与える工夫をしているように思われる。また作者は、外側の手紙と内側の物語との関連から、なんらかの効果を生み出すことをもねらっているようだが、それについてはのちの考察に回すことにしたい。

2 ストーリーとプロット

story / plot

「ストーリー」と「プロット」は、一般に粗筋というような意味合いで、ほぼ同義に用いられる傾向がある。しかし、ロシア・フォルマリズム（Russian Formalism）から構造主義（structuralism）、物語論（narratology）へと至る文学研究においては、二つの概念は厳密に区別される。ストーリー（仏：histoire／露：fabula）とは、出来事を、起こった「時間順」に並べた物語内容である。他方、プロット（仏：discours／露：sjuzet）とは、物語が語られる順に出来事を再編成したものを指す。

お伽噺《とぎばなし》や民話などでは、読者に多くの情報を記憶することを要求せず、もっぱら次に何が起こったかを時間順に並べてゆくというような原始的な物語形態もある。このような場合は、ストーリーとプロットが近似している。しかし小説では、ふつう両者の間に差異がある。作者は、自分が書きたいことがもっとも効果的に読者に伝わるように、出来事や描写の配列を組み替える工夫を凝らすからだ。

ストーリー

ではまず、『フランケンシュタイン』の「ストーリー」を見てみよう。物語がだれによっていつどのように語られているかという点を排除して、出来事を時間順に並べ直してみる。

[A] ジュネーヴの商人ボーフォールは、商売に失敗し、娘キャロラインを連れて姿を消す。彼はルツェルンの町でひっそり暮らすうちに、病床に伏し、キャロラインに看取られながら死ぬ。その直後に、彼の友人アルフォンス・フランケンシュタインが駆けつける。アルフォンスは、ボーフォールの埋葬を済ませると、キャロラインをジュネーヴに連れ帰り、親戚の保護に託す。彼はそれまで公職に就いていたが、二年後に職を退き、キャロラインと結婚する。

[B] キャロラインの療養のために、フランケンシュタイン夫妻は漫遊の旅に出る。彼らがナポリに滞在していたとき、長男ヴィクターが生まれる。ヴィクターは両親の愛情を一身に受けながら育つ。五歳のとき、彼は母とともに貧しい農家を訪ね、農家の子供たちに交じってひとり際立って美しい女の子エリザベス・ラヴェンツァに出会う。エリザベスは、高貴な生まれだったが、身寄りをなくして農民夫婦に養われていた。キャロ

ラインの願いにより、エリザベスはフランケンシュタイン家に養女として引き取られる。フランケンシュタイン夫妻は、二人目の息子アーネストが生まれると、漫遊生活を終えて故国に落ち着く。ヴィクターは、エリザベスや友人クラヴァルとともに、幸福な子供時代を過ごす。

[C]ヴィクターは少年時代から、自然科学に興味を持つようになる。一三歳のとき、家族とともに温泉場に出かけたヴィクターは、宿でコルネリウス・アグリッパの著書を見つけて、むさぼり読む。帰宅後彼は、アグリッパの全作品を、続いてその他の神秘学者や錬金術師たちの著作を手に入れて読みふけり、中世の学問に傾倒する。一五歳のころ、落雷の光景を目撃したのをきっかけに、ヴィクターは電気とガルヴァーニ電流についての知識に触れ、それまで熱中していた学問に幻滅し、いったん興味を失う。

[D]一七歳のとき、ヴィクターはインゴルシュタット（ドイツ、バイエルンの都市）の大学に進学することになる。彼の出発を前にして、エリザベスが熱病にかかり、それに感染したキャロラインは、ヴィクターとエリザベスが将来結ばれることを願いつつ、安らかに死んでゆく。ヴィクターは、母を失った悲しみから立ち直れないまま、インゴルシュタットへ旅立つ。彼は大学で、自然科学を熱烈に称賛するヴァルトマン教授の影響を受け、一心不乱に研究に打ち込む。やがてヴィクターは目覚ましい進歩を遂げ、学内でも称賛を博し、二年後には教授たちから学ぶべきこともなくなる。

［E］帰郷を考えていた矢先、ヴィクターは生命の根源とは何かという問題に捕らわれるようになり、生理学や解剖学に力を入れ、墓場や死体置き場で過ごすうちに、生命の秘密を探り当てる。彼はそれを使って人間を創造することを計画し、死体から材料を集めて、人体を組み立てる作業に没頭する。二年後にようやく、ヴィクターは人造人間を完成する。しかし、生命を吹き込んだ瞬間、それが見るもおぞましい醜悪な怪物だったことを知って、彼は実験室から逃げ出す。寝室に戻り、悪夢にうなされ目覚めると、怪物がそこにいる。ヴィクターはふたたび部屋を飛び出し、戸外で夜が明けるのを待って、町に出る。そこでちょうど大学で学ぶために故郷から出てきたクラヴァルに出会う。ヴィクターは、彼を自分の部屋に案内し、怪物がそこにいないことを知って安堵《あんど》した直後、発作を起こして倒れる。そのままヴィクターは長い間意識を失い、クラヴァルに看病される。

［F］怪物は、ヴィクターの住まいを去ったあと、インゴルシュタットの森で木の実を採取しながら暮らす。怪物は森を去って村落に辿《たど》り着くが、人家を物色するうち、村は大騒動になり、人々に石や飛び道具で攻撃され追われる。怪物は、一軒のみすぼらしい小屋に逃げ込み、そこに住まいを定める。壁を隔てた隣には、盲目の老人ド・ラセーと息子フェリックス、娘アガサの三人が住んでいて、怪物は壁の隙間《すきま》から一家を観察し、言葉を学びながら暮らす。ある日、アラビア人女性サフィーが、恋人フェリックスを訪

ねてきて、ド・ラセー家の人々とともに暮らすようになる。サフィーが語学の授業を受けているところを壁の隙間から窺《うかが》いながら、怪物はいっしょに勉強をする。文字が読めるようになった怪物は、あるとき森で拾った数冊の本を持ち帰り、読書に励む。

［G］病に倒れたヴィクターは、数か月後に意識を取り戻し、回復し始める。そこにエリザベスからの手紙が届き、末の弟ウィリアムや、少女のときからフランケンシュタイン家に引き取られ召使いとなったジャスティーヌについての近況が伝えられる。その後ヴィクターは、クラヴァルとともに大学で学びながら、帰郷を延期する。

［H］怪物はド・ラセー家の人々と親しくなることに憧《あこが》れ、生まれて一年たったころ、老人がひとりのときを見計らって訪ねる。盲目の老人と会話を交わしていたとき、家族が帰宅して騒動になる。フェリックスに棒で打たれた怪物は、抵抗せずに逃げ出す。翌日、空き家になった小屋を焼き払ったあと、怪物は森をさまよう。途中で怪物は、川で溺《おぼ》れかけた少女を助けるが、連れの男に銃で撃たれる。森のなかで傷の痛みにもだえ苦しみながら、怪物は人間への復讐《ふくしゅう》を誓い、ヴィクターが残していったメモをもとに、ジュネーヴへと旅立つ。

［I］春になり、ヴィクターは帰郷に先立って、クラヴァルとともにインゴルシュタットを徒歩旅行する。そのころ怪物は、ジュネーヴの郊外に辿り着き、散歩中に家族からひとりはぐれたウィリアムに出会う。その子がフランケンシュタイン姓を名乗るのを聞

いて、怪物はウィリアムを絞め殺す。怪物は納屋のなかで眠っていたジャスティーヌを見て、ウィリアムが身につけていたキャロラインのミニチュアを置いてゆく。明け方にウィリアムの遺体が発見され、ジャスティーヌが殺人容疑で逮捕される。そのあと徒歩旅行から帰ったヴィクターは、父からの手紙で殺人事件を知らされ、ジュネーヴへ向かう。途中で怪物の姿を見かけたヴィクターは、怪物が犯人であることを確信する。

[J] ヴィクターは六年ぶりに帰郷し、家族と再会する。翌日裁判が行われ、ジャスティーヌは有罪判決を受ける。ヴィクターとエリザベスが面会した翌日、ジャスティーヌは処刑される。衝撃を受けたヴィクターは、アルプスの谷間を散策し、そこで怪物に出会う。怪物はヴィクターを山小屋へ連れて行き、これまでの自分の体験を語り、女の伴《はん》侶《りょ》を造ることを要請して、去ってゆく。

[K] 父からエリザベスとの結婚の意志を確認されたヴィクターは、結婚前に怪物との約束を果たすため、イギリスへ行くことを決断する。彼は途中でクラヴァルと落ち合い、ライン川を下り、イギリスの各地を経て旅を続ける。パースでクラヴァルと別れたあと、ヴィクターはひとりでスコットランドへ向かい、オークニー諸島の島の隠れ家で、女の怪物を製作する。完成間際に怪物の姿を見たヴィクターは、思わず女の怪物を解体してしまう。激怒した怪物は、ヴィクターの婚礼の日にふたたび現われることを予告して、姿を消す。

[L]ヴィクターは夜中に小舟で乗り出し、女の怪物の死体を海に捨てたあと、眠ったまま漂流する。目がさめてアイルランドに上陸すると、彼は殺人容疑で捕らえられ、クラヴァルの遺体と対面させられる。衝撃のあまりヴィクターは熱病に倒れ、獄中で意識を回復したところに、父アルフォンスが訪ねてくる。ヴィクターの容疑が晴れて釈放されたあと、父子は帰郷の旅につく。

[M]ジュネーヴに到着して一〇日後、ヴィクターとエリザベスの婚礼の式が挙げられる。式のあと、二人は船で旅立ち、その夜エヴィアン（フランス南東部、レマン湖南岸の町）の宿に着く。ヴィクターが目を離したすきにエリザベスは殺され、怪物はヴィクターの銃撃から逃れて姿を消す。ヴィクターがジュネーヴに帰ると、間もなくアルフォンスは衰弱して死んでゆく。ヴィクターは狂気に陥り、投獄される。出獄したあと、ヴィクターは治安判事を訪ね、真相を打ち明けて助力を請うが、断られる。ヴィクターはジュネーヴを去り、怪物の足取りを辿りながら追跡の旅を続ける。

[N]同じころ、イギリスの青年ウォルトンは、北極を探検するために、ペテルブルグ、アルハンゲリスクを経て、北方へ航海を続けながら、イギリスの姉に宛てて、手紙を書き送る。ウォルトンは氷原でソリに乗った怪物の姿を目撃し、翌朝、氷の割れ目で溺れかかっていたヴィクター・フランケンシュタインを救出する。フランケンシュタインは病床でウォルトンと会話を交わすうち、これまでの自分の人生について語ることを思い

立つ。数日間にわたり暇な折々に、フランケンシュタインは物語を語り、ウォルトンはその記録を綴《つづ》る。

［O］船が氷山に閉ざされ危険な状態となり、乗組員たちは、氷が溶けたら探検を中止して帰路に向かうことを、ウォルトンに要請する。フランケンシュタインは乗組員たちの気弱を叱責《しっせき》するが、ウォルトンは引き揚げを決断する。帰路の途中、フランケンシュタインは怪物への復讐の遺志をウォルトンに託して死んでゆく。ウォルトンが姉に手紙を書いている途中、物音がしたため中断して行ってみると、怪物がフランケンシュタインの遺体を覗き込みながら嘆き悲しんでいるのを目撃する。ウォルトンと言葉を交わしたあと、怪物の独白が続く。怪物は、氷塊に乗って地球の最北の果てに行き、そこで弔いの薪を積んで自らを焼いて灰になると言って、船室の窓から出て行き、波間に姿を消す。

プロット

この小説の「プロット」は、「ストーリー」の発端から約三〇年たったのち、語り手ウォルトンが姉に宛てて手紙を書くところから始まる。「冒頭」の節でも説明したとおり、ウォルトンは北極探検への旅の途上、ヴィクター・フランケンシュタインに出会って、彼から物語を聞くことになる（以上は、ストーリーの［N］の部分に当たる。以下、対応する箇所の記号を括弧《かっこ》書きで示す）。

ヴィクターはまず、両親が出会って（「A」）、自分が生まれた経緯に遡《さかのぼ》り、幸福な子供時代の話から始める（「B」）。彼は少年のころから科学に興味を持ち（「C」）、母を亡くした直後に故郷を去り、大学で本格的に研究を始める（「D」）。彼は生命の秘密に興味を持ち、人造人間の製作に没頭する。ついに実験に成功するが、生命の宿った人造人間が醜悪な怪物であったため、ヴィクターは逃げ出し、病に倒れる（「E」）。親友クラヴァルの看病によってようやく回復し（「G」）、ヴィクターは彼とともに旅行に出るが、戻ってみると故郷の父から便りが届いていて、幼い弟ウィリアムが殺されたことを知る（「I」）。

ヴィクターが帰郷して間もなく、容疑者ジャスティーヌが処刑される。ヴィクターはアルプスの谷間で怪物に再会し、怪物から話を聞かされる（「J」）。怪物は、ヴィクターに捨てられた直後に遡って、自分がいかに生活し、知識を身につけ、言語を習得してきたか（「F」）、なぜヴィクターに復讐するに至ったか（「H」）、どのようにして殺人を犯したか（「I」）を説明する。告白を終えたあと、怪物は女の伴侶を造ることをヴィクターに要求して、去ってゆく（「J」）。

怪物の脅しを恐れたヴィクターは、スコットランドへ行き、島の隠れ家にこもって女の怪物を造る。しかし彼は、怪物の種族が繁殖することを恐れ、さらなる罪を犯すことに躊躇《ちゅうちょ》する。完成間際に、ヴィクターは窓から覗いている怪物の目に出会う。伴侶が出来上がるのを楽しみに、あとを追ってきた怪物の不気味な恍惚《こうこつ》とした表情を見た瞬間、ヴィクターは女の怪物を解体してしまう（［K］）。呪《のろ》いの言葉を残して去った怪物は、次々と復讐に着手する。まずクラヴァルが殺され（［L］）、ヴィクターの婚礼の日の夜、約束通り怪物が現われて花嫁エリザベスを殺害する。ヴィクターはいったん発狂するが、回復したあと、自らの手で怪物の息の根を止めようと、追跡の旅に出る（［M］）。その旅路の果てに、ついに北極の近くにまで辿り着き、ウォルトンに出会ったのである（［N］）。ここまで物語を終えて、ヴィクター・フランケンシュタインは息を引き取り、その直後に怪物が姿を現わす。怪物は、自分をこの世につなぎ止めていたただひとつの絆《きずな》を失ってしまったことを痛感して悲嘆に暮れる。怪物は、自ら命を絶つことを告げて、暗い氷原のなかへ姿を消してゆく（［O］）。ここで物語は閉じられる。

以上がプロットの概要である。大筋としては、物語がほぼ終わりに達した段階から始まり、過去に遡って語るという配列方法がとられている。怪物の誕生後は、時間のうえでは、フランケンシュタインを中心とする出来事と怪物を中心とする出来事が同時進行しているが、プロット上ではフランケンシュタインの話が先行し、彼が怪物と再会した時点で、ふたたび遡って怪物の物語が挿入される。

ストーリーの配列の原則が時間順であるのに対して、プロットの配列では、出来事と出来事の間の因果関係に重点が置かれる。たとえば、ストーリーの［F］－［G］－［H］は、ただ時間的に隣接しているだけであって、［F］と［G］、［G］と［H］との間には、因果関係という点でなんの脈絡もない。他方プロットでは、フランケンシュタインが病に倒れて（［E］）、回復し（［G］）、旅行から帰って来て殺人事件の知らせを受ける（［I］）という一連の出来事が、一続きの連鎖を形成している。そして、怪物が小屋で生活を始めたこと（［F］）と、人間に接近しようとして失敗したこと（［H］）とが、一続きの流れのなかで密接な因果の連鎖によって示されるのである。

E・M・フォースター（Edward Morgan Forster, 1879–1970）は、「〈王が死んで、それから女王が死んだ〉というのはストーリーで、〈王が死んで、悲しみのために女王が死んだ〉というのはプロットだ」（Forster, p. 87）と言った。しかし、この説明が不十分であることは、しばしば指摘されている。リモン＝キーナン（Shlomith Rimmon-Kenan）も言うように、一番目の例でも、因果関係を探し当てようとする読者なら、女王が死んだ理由を推測して補うことが可能なはずだ（Rimmon-Kenan, p. 17）。また、プロットを形成する原理として、因果関係のみをあまりに重視するのは、問題があるだろう。「王が死んで、女王は悲しんだが、そのあと長生きした」とか、「王が死んで、それから突然の事故で女王が死んだ」というようなプロットもあってよいはずである。『フランケンシュタイン』のプロットも、つねに厳密な因果関係の鎖のみでつながれているわけではない。落雷の光景を見たことをきっかけに、それまで熱中していた学問を捨てて、数学に興味を持つようになった（［C］）にもかかわらず、大学に行って近代化学に目を開かれ（［D］）、結局、人造人間の製作にのめり込んで行く（［E］）という流れは、単純な因果関係では説明がつかない。フランケンシュタイン自身は、それを「運命」に帰している。

サスペンス suspense

プロットにおいては、出来事の時間的配列が組み替えられることによって、謎《なぞ》やサスペンスが生じるという効果がある。たとえばプロット上では、ヴィクターが怪物を捨てて逃げてから（［E］）、再会するまで（［J］）の間、怪物の動静は表に出ず、謎のままにとどまる。怪物はどうなったのか？ 怪物はいつ現われるのか？ どのような現われ方をするのか？ このような疑問に対する答えの提示が先に延ばされることによって、サスペンスが生じるのである。そして、突然ウィリアムが殺害されたという報に接し、読者はフランケンシュタインとともに衝撃を受ける。フランケンシュタインは故郷への帰り道、怪物の影を一瞬見かけて、怪物こそ殺人犯であると直観する。しかし、そのあと怪物が姿を消してしまうため、真相の提示はふたたび先延ばしになる。容疑者として捕らえられたジャスティーヌが裁かれ、処刑されるという方向へ進展するにつれて、サスペンスは高まってゆくのである。

ついにフランケンシュタインは怪物に遭遇し、怪物との対話によって、これまでの経緯が明らかになり、もろもろの謎が解ける。しかし、その後も、怪物が前面から姿を消すたびに、サスペンスが繰り返される。ことに、女の伴侶を解体されたことを恨んだ怪物が、「おまえの婚礼の日の夜に、また会おう」という予言を残してフランケンシュタインのもとを去ったあと（[K]）は、婚礼の日の夜（[M]）までサスペンスが持続する。怪物の言葉は何を意味するのか？　怪物はどのような現われ方をして、いかなる方法で復讐するのか？　フランケンシュタインは怪物といかに対峙《たいじ》するのか？　このような疑問に対して、作者は、もっぱらフランケンシュタインの偏った視点からの推測しか与えないという方法によって、サスペンスを倍増させる。フランケンシュタインは婚礼の日に、自分が怪物と闘って殺されるという一通りの解釈しかしないのである。怪物はその思いこみの盲点を突いて、まずクラヴァルの命を奪い、いよいよ婚礼の日には、フランケンシュタインが目を離したすきにエリザベスを殺害する。

このように『フランケンシュタイン』では、読者が主人公とともに不安と恐怖を抱きつつ事の成り行きを見守るように、プロットが操作され、サスペンス効果が用いられている。

3 語り手
narrator

一人称の語りと三人称の語り
first-person narrative / third-person narrative

小説は、詩や演劇など他の文学ジャンルに比べると、もっとも自由な形式である。しかし、どうしても守らざるをえない約束事が、小説にもある。それは、だれかが小説を語らねばならないということだ。そのだれか、つまり、「語り手」を設定することが、小説の中身を読者に示しつつ話を進めてゆくために不可欠の条件なのである。

語り手がだれであるかということと同時に重要なのは、その語り手がどのような位置に立って語っているかという問題である。語り手が物語世界のなかに属する場合は、「一人称の語り」になる。それが中心人物であれ、脇役《わきやく》や傍観者であれ、その語り手は「私」という観点から物語世界を眺めて語るからである。このような語り手を、「物語世界内的語り手」（intradiegetic narrator）と呼ぶ場合もある。

他方、語り手が物語世界の外にいる場合は、「三人称の語り」という。小説のなかで語っているのに、物語世界の外側にいるということは、言い換えれば、「私」がどこにもいないに等しい。つまり、この語り手はいわば神のような存在で、物語世界のことを何でも知っているという特権的立場に立って、すべての登場人物を三人称で指し示しながら語る。三人称小説の語り手は、通常「全知の語り手」(omniscient narrator) と呼ばれるが、「物語世界外的語り手」(extradiegetic narrator) という場合もある。

大部分の小説では、一人称か三人称のいずれかの語りの形式がとられ、「二人称の語り」(second-person narrative) はごくまれにしか存在しない。これは、語り手がつねに「あなた」と呼びかける人物に向かって語りかける形式である。伝統的な小説でも、このような状況が部分的に生じる場合はあるが、作品全体にわたって二人称形式がとられた例としては、イタリアの小説家イタロ・カルヴィーノ (Italo Calvino, 1923-85) の『冬の夜ひとりの旅人が』(*If on a Winter's Night a Traveler*, 1981 英訳) や、アメリカの小説家ジェイ・マキナニー (Jay McInerney, 1955-) の『ブライト・ライツ、ビッグ・シティ』(*Bright Lights, Big City*, 1984) など、二〇世紀後半の一部の実験的小説にかぎられる。

『フランケンシュタイン』においては、ウォルトンとフランケンシュタイン、怪物の三人が、語り手の役割を果たしている。三者とも物語世界のなかに登場する人物で、それぞれ自分の視点から物語を語っているため、この作品は一人称の語りに分類される。一人称小説のなかには、語り手が自分、またはその他の読者を想定して記述した日記・覚え書き・回想録などや、特定の人物に宛てて書いた手紙、あるいは、語り手が聞き手と対面して話す談話などの形式がある。次の項でも述べるとおり、複数の語り手を持つ一人称小説『フランケンシュタイン』では、これらの多様な形式が複雑に組み合わせられている。

枠物語

frame narrative

物語のなかに、さらに物語が埋め込まれているような形の物語形式を、「枠物語」（frame narrative／独：Rahmenerzählung）という。ジョフリー・チョーサー（Geoffrey Chaucer, c. 1340-1400）の『カンタベリー物語』（*The Canterbury Tales*, 1387-1400）は大部分韻文で書かれたものだが、チョーサー自身が語る巡礼の旅の物語のなかに、彼を含む巡礼者たちによる二四の物語が内包された枠物語である。エミリ・ブロンテの『嵐が丘』も、都会から荒れ野へ旅してきた青年ロックウッドの語りの外枠のなかに、嵐が丘屋敷の家政婦ネリーによる物語が挿入された形になっている。

『フランケンシュタイン』も、ウォルトンの語りのなかにフランケンシュタインの語りがあり、そのなかに怪物の語りが含まれているというように、入れ子構造になっているため、枠物語に分類することができる。いちばん外側を構成しているのは、ウォルトンから姉への手紙である。手紙の形で書かれた小説は、「書簡体小説」（epistolary novel）と呼ばれるため、『フランケンシュタイン』は、この範疇《はんちゅう》にも入る。書簡体小説は、出来事が起きて間がない段階での緊迫した雰囲気を伝えたり、手紙の書き手の心理を克明に描いたりするうえで効果的な方法で、サミュエル・リチャードソン（Samuel Richardson, 1689-1761）が『パミラ』（*Pamela*, 1740）で用いて以来、一八世紀から一九世紀の前半ころにかけて流行した。その影響はイギリスだけではなく、諸外国にも及び、ドイツではゲーテ（Johann Wolfgang von Goethe, 1749–1832）の『若きウェルテルの悩み』（*Die Leiden des jungen Werthers*, 1774）、フランスではルソー（Jean-Jacques Rousseau, 1712–78）の『新エロイーズ』（*La Nouvelle Héloïse*, 1761）などが、書簡体形式で書かれている。

しかし『フランケンシュタイン』の場合は、ウォルトンの手紙のなかに、彼が綴った手記が含まれ、これが作品の大部分を占めている。それは、フランケンシュタインが数日間にわたって断続的に語った物語を、ウォルトンが編集したものである。フランケンシュタインを語り手とする物語のなかには、また、怪物の物語が含まれている。これは、怪物がフランケンシュタインと対面して、数時間にわたって一息で語った談話である。

このように『フランケンシュタイン』の語りは、三重の枠組み構造から成り立っている。言い換えれば、物語が特定の固定された位置からではなく、複数の視点から眺められているということだ。つまりこの作品は、異なったものの見方や声が混在した小説なのである。

信頼できない語り手　unreliable narrator

読者は、語り手の描写や解説をとおして、小説世界の出来事や人物について知るが、その さい語り手がどの程度信頼できるかという問題が生じてくる。ウェイン・ブース（Wayne C. Booth, 1921– ）は『小説の修辞学』（一九八三）でこの問題を取り上げて、語り手の言葉が真理として受け止めるに足る権威を帯びている場合を「信頼できる語り手」(reliable narrator)とし、語り手の言葉が読者の疑いを引き起こす場合を、「信頼できない語り手」とした。語りには、事実に関する報告だけではなく、それについての判断も含まれてくるため、そこからおのずと語り手の価値観が浮かび上がってくる。そのさい、語り手の価値観が妥当なものであるかどうかが、信頼できるか否かを決定する基準になる。しかし、百パーセント妥当な価値観などというものは、ありえない。ブースは、作品のなかにいる観念化された作者ともいうべき存在を想定し、それを「含意された作者」(implied author)と名づけた。読むという行為は、いわば読者が、含意された作者を頼りに規範を確立しつつ、テクストを読み進めてゆくことだと言える。したがって厳密には、含意された作者と価値観を共有している語り手は信頼できて、そうでない語り手は信頼できないということになる。しかし、多くの小説では、その区別は曖昧《あいまい》で難しい。

語り手が信頼できないとされる根拠には、さまざまなものがある。たとえば、マーク・トウェイン(Mark Twain, 1835–1910)の『ハックルベリー・フィンの冒険』(*The Adventures of Huckleberry Finn*, 1884)やサリンジャー(Jerome David Salinger, 1919–)の『ライ麦畑でつかまえて』(*The Catcher in the Rye*, 1951)のように、語り手が未熟なティーンエイジャーであるため、その表現力と理解力に限界がある場合や、フォークナー(William Faulkner, 1897–1962)の『響きと怒り』(*The Sound and the Fury*, 1929)におけるベンジャミンの語りのように、語り手が知的障害者であるため、その意識の流れが判然としない場合もある。

また、不信の原因が語り手の性質や人格に内在する例としては、ロレンス・スターン（Laurence Sterne, 1713–68）の『トリストラム・シャンディ』（*The Life and Opinions of Tristram Shandy*, 1760–67）のように三文文士風のひどく気紛《きまぐ》れで滑稽《こっけい》な語り手から、ジョゼフ・コンラッド（Joseph Conrad, 1857–1924）の『ロード・ジム』（*Lord Jim*, 1900）のように思いこみの激しさによって歪《ゆが》んだ見方をする語り手、ナボコフ（Vladimir Nabokov, 1899–1977）の『ロリータ』（*Lolita*, 1955）のように犯罪者で道徳的欠陥のある語り手に至るまで、さまざまな種類がある。語り手が信頼できない理由が、つねに明瞭《めいりょう》であるともかぎらない。たとえば、エミリ・ブロンテの『嵐が丘』の語り手ネリーが信頼できないのは、凡庸で理解力が乏しいゆえであるとする説、無意識のうちに物語に深入りしているとする説、さらには悪意によって物語の流れをねじ曲げているとする説など、解釈がさまざまに分かれている。

作者が「信頼できない語り手」というものを、意図的に用いるのはなぜだろうか。デイヴィッド・ロッジは、小説が読者の興味を引きつけるためには、それが現実世界と同様、真偽を見分けることが可能な世界であるべきで、信頼できない語り手を用いることによって、見せかけと現実とのギャップや、人間というものがいかに現実を歪めたり隠したりする存在であるかということが、露《あら》わになるのだと言っている。ロッジは、カズオ・イシグロ（Kazuo Ishiguro, 1954– ）の『日の名残《なご》り』（*The Remains of the Day*, 1989）を例に挙げて、この小説の語りの効力は、語り手スティーヴンズが、イングランドの大邸宅の執事であった日々を回想する内容に対して、そのもったいぶった堅苦しい口調が不適切であることに読者が徐々に気づき、それが欺瞞《ぎまん》と自己正当化と弁解に満ちていることを見破ることにこそあると、指摘する（Lodge, pp. 154–155）。

『フランケンシュタイン』の三人の語り手たちも、全面的には信頼できない。ウォルトンの語り口調は情緒的で、熱しやすく不安定な性質を露呈している。彼は「天にも昇るような熱狂で心が燃え上がります」とか、「目的を果たすためならば、自分の財産も生活もすべての希望も犠牲にしてかまいません」とか、「人間の確固たる心と決然たる意志を阻むことのできるものなど、あるものですか」というような大袈裟《げさ》な表現を連発する。しかしその言葉に反し、彼の栄光への夢は、脆《もろ》くも崩れ去る。船が氷山に囲まれて氷と衝突する危機に接し、船員たちが引き揚げを要求してくると、ウォルトンは怖《お》じ気づき、返す言葉もない。その後彼はあっさり帰路に向かうことに同意し、「こうしてぼくの希望は、臆病《おくびょう》と優柔不断のために、粉々になりました。ぼくは無知のまま失望して帰ります」と、言葉少なに姉に告げる。したがって、ウォルトンは不正直ではないにしても、正しい判断力を持った語り手であるとは言い難く、私たちはつねに、その上ずった口調をとおして語られる内容を、割り引きながら聞かなければならない。

フランケンシュタインは、語り口調が情緒的で大袈裟な点など、ウォルトンと共通点もあのように見え見えの強固な意志を備え、ウォルトンのように見え見えのぼろを出すこともなく、はるかに手強《てごわ》い語り手である。しかし、フランケンシュタインの語りのレトリックには、いくつかの特徴が見られる。たとえば、真相を告白したり真の懺悔《ざんげ》が求められるべき肝心なところにくると、彼は「言葉では表現できない」という決まり文句で言葉を濁す癖がある。それは、彼のように雄弁な人物によって繰り返し用いられると、かえって空虚な詭弁《きべん》のように響いてくる。

そして、フランケンシュタインは自分の罪が問題となるべきときに、「自分ほど苦しい思いをした者はいない」という言い方をする。それは、じゅうぶん自分を罰したということなのかもしれないが、結局、他人の苦しみよりも自分の苦しみのほうが大きいことを強調して、悦に入っているようにも取れる。たとえば彼は、自分が蒔《ま》いた種のために、ジャスティーヌが無実の罪を着せられたときにも、「被告の苦しみは、私の苦しみには及ばなかった。彼女は無実を支えにできるが、私の胸は呵責《かしゃく》の牙《きば》に引き裂かれ、捕らえられていた」と言い、処刑を前にした彼女についても、「この哀れな犠牲者は、明日には生と死の恐ろしい境を超えようとしていても、私ほどの深い苦々しい苦しみを感じてはいなかった」というように、自分と彼女を比較し続ける。それは、ジャスティーヌに対する償いの言葉というより、あくまでも自分の苦しみにこだわる自意識過剰の表われとも言えよう。

フランケンシュタインは、物語を語り終えたあと、ウォルトンに船の引き揚げを要求する船員たちに向かって、次のように叱咤《しった》激励する。

「きみたちは、そんなにやすやすと計画から引き下がるのか？　きみたちは、これを栄誉ある遠征と呼んでいたのではないのか？　栄誉あるといえるのはなにゆえか？　南の海のように穏やかで静かな道を行くからではなく、危険と恐怖だらけの道だから、新たな出来事にぶつかるたびに不屈の精神を呼び起こし、勇気を示さなければならないからだ。危険と死に囲まれても、勇敢に乗り越えてゆかなければならないからだ。だからこそ、輝かしい栄誉ある企てとなるのだ。きみたちはのちに、人類の恩人として称《たた》えられ、きみたちの名は、名誉と人類の利益のために死と対決した勇者の名として、崇《あが》められるだろう。それがどうしたことだ、初めて危険を想像したとき、あるいは、勇気が試される最初の恐ろしい大試練を迎えたときと言ってもいいが、それできみたちはひるんでしまって、寒さと危険に耐えるだけの力がなかった者たちとして名を残すことに甘んじているのだ。……さあ！　男になりたまえ、いや、男以上のものになれ！　岩のように断固として、自分の目的を守り抜くことだ。この氷は、きみたちの心のようなものでできているわけではない。これは変わりやすいもので、きみたちが逆らうなと言えば、逆らうことはできない。額に不名誉の烙印《らくいん》を押されて、家族のもとに帰ったりするな。戦って征服し、敵に背を見せることを知らない英雄として、帰りたまえ」

（第二四章）

極度の寒さのために、船員たちのなかからはすでに死者さえ出ているというのに、フランケンシュタインは、それでもさらに栄光への道を突き進めという。彼は、いったん立てた計画は、何が何でも断念するな、目的を遂行するまでは家族のもとにも帰ってはならぬと主張し、人間の意志力は自然の脅威にも勝ると豪語する。ここから、彼は果たして本当に目覚めているのだろうかという疑問が生じてくる。そもそも彼は、自分の犯した過ちをふたたびウォルトンに繰り返させないために、自分の人生を物語ったのではなかったか。にもかかわらずフランケンシュタインの言葉は、逆に自分の生き方を称え、それを他人にも推奨しているかのようにも響く。彼はその自己矛盾にさえ、気づいていないのかもしれない。それゆえ、結局フランケンシュタインは、人類に恩恵を施し不朽の名誉を獲得するという栄光への見果てぬ夢からついに目覚めず、自己欺瞞に陥ったまま死んでいったのではないかという疑いが、最後に残るのだ。

怪物もまた、信頼できる語り手とは言えない。少なくとも読者は、フランケンシュタインほど怪物の言葉をすべて悪意に解釈するわけではなく、時として、そのなかに真摯《しんし》な訴えを聞き取ることもある。しかし、フランケンシュタインはウォルトンに対して、「怪物は雄弁で口がうまいので、私もやつの言葉に心を動かされたことがあったほどです。しかし、あいつの言葉を信じないでください」と注意を与えている。私たちもこの事実は否定できない。たしかに怪物は、あまりにも口が立ち、説得力がある。自分の生い立ちに遡り、いかにして殺人を犯すに至ったかという道筋をきちんと順序立てて話す能力は、造り手のフランケンシュタインにも勝っている。

フランケンシュタインと怪物との対話では、つねに前者が感情的な罵倒《ばとう》の言葉を吐き、後者が冷静に理屈で説得しようとしている態度が際立つ。怪物のレトリックは、見事な論理によって組み立てられ、読書によって得た教養も滲《にじ》み出ている。そもそも、なぜ怪物が短期間でこれだけの言語能力を習得しえたのかは不思議だが、それは怪物の脳が、よほど優秀な頭脳の持ち主の死体から移植されたからなのだろう。ともかく、あまりに雄弁であること、レトリカルであることが、かえって読者の信頼度を減じる方向に働くこともある。最後にウォルトンの前に姿を現わした怪物は、フランケンシュタインの遺体のもとで、次のように懺悔の言葉を述べる。

「これもまた、わが犠牲者か！　彼を殺すことによって、おれの罪は完全なものとなった。この惨めな生も、やっと終わりに辿り着いた！　ああ、フランケンシュタイン！　寛容と献身の人よ！　今さらおまえに許しを請うても、何になるだろう？　おれはおまえの愛する者みなを滅ぼすことによって、おまえを滅ぼし、取り返しのつかないことをしてしまった。ああ！　もう冷たい。答えてはくれない」

（第二四章）

まるでロミオを失ったジュリエットのように、怪物の嘆きの言葉は劇的でセンチメンタルである。ウォルトンも思わず同情を誘われるが、自分の使命を思い出して怪物を糾弾する。それに対して怪物は、自分がいかに苦しんできたかということを、滔々《とうとう》と述べ立てる。「この行いの終局でフランケンシュタインが味わった苦しみなどは、こまごまと実行に手間取っていた間のおれの苦しみの万分の一にも満たない」とか、「フランケンシュタインがいかに打ちのめされていても、おれの苦しみはそれよりなお勝っていたのだ」というような言い回しは、造り手の発想に似ている。こうして、だれがいちばん苦しんだかという、フランケンシュタインと怪物の比べ合いは最後まで続くのである。

このように、複数の「信頼できない語り手」の声［→I-9　声］と声が呼応し合い、あるいは衝突するなかで、ロッジが言うように、人間というものがいかに現実を歪めたり隠したりする存在であるかが、次第に露わになってくるのである。

4 焦点化
focalization

外的焦点化と内的焦点化
external focalization / internal focalization

語り手の立っている位置は、一般に「視点」（point of view）と呼ばれる。しかし、近年では、この概念の曖昧さが指摘されるようになった。第一に、「視点」というのはもともと美術用語で、視覚的な意味に偏る傾向があるが、語り手が語る内容は、見たことだけではなく、聞いたことや考えたこと、推測したことなど、さまざまな認識手段による多面的情報が含まれる。第二に、語っている人の位置と、眺めている人の位置とは、必ずしも一致するとはかぎらない。たとえば、語り手は、別の人が見たことを語ることもありうるのだ。

そこで、ジェラール・ジュネット（Gérard Genette, 1930-　）やミーク・バール（Mieke Bal）、リモン＝キーナンといった物語論者たちは、だれが語っているかという問題と、だれが見ているかという問題を区別し、「見る」という行為を「焦点化」という概念で規定した。そして、見ている主体を「焦点人物」（focalizer）と名づけた。また、焦点化される内容は、視覚情報にかぎらず、さまざまな知覚や認識を含んだものへと拡大して捉《とら》えられるようになった。

次に問題になるのは、焦点人物のいる位置がどこかということである。焦点人物が物語世界の外側にいる場合を「外的焦点化」、焦点人物が物語世界の内側にいる場合を「内的焦点化」という。「全知の語り手」の声で語られていても、つねに外的焦点化が起こっているとはかぎらず、内的焦点化の方法で語られている場合もある。たとえば、ヘンリー・ジェイムズ（Henry James, 1843-1916）の『使者たち』（*The Ambassadors*, 1903）は、全知の語り手によって語られる三人称小説だが、焦点人物は主人公ストレザーに置かれている。つまり、語り手は全知の知識を制限し、ストレザーの知覚をとおして認識された情報だけに絞って語るのである。これは、ジェイムズがよく戦略的に用いた方法であるが、一般の三人称小説においても、内的焦点化の部分をまったく含まないというものは、むしろ珍しいと言えるだろう。

内的焦点化にはさまざまな方法があるが、焦点人物が特定されているか、あるいは変化するかという点から、大きく三つに分けられる。ジュネットの分類によれば、焦点人物が固定されている場合を、「固定内的焦点化」（fixed internal focalization）と呼ぶ。具体的な例としては、先に挙げたジェイムズの『使者たち』のほかに、同作家の『メイジーの知ったこと』（*What Maisie Knew*, 1897）がある。この作品では、焦点人物が少女メイジーに定められ、その幼い目をとおして、堕落した大人たちの醜悪な世界が描かれている。

また、焦点人物が変わってゆく場合を、「不定内的焦点化」（variable internal focalization）という。たとえば、フローベール（Gustave Flaubert, 1821-80）の『ボヴァリー夫人』（*Madame Bovary*, 1857）はこの方法で書かれている。この小説は大部分、女主人公エンマ・ボヴァリーを焦点人物として描かれているが、時として、夫シャルルが焦点人物になる部分もあるからだ。それに対して、同じ出来事が複数の焦点人物によって語られる場合を「多元内的焦点化」(multiple internal focalization)と呼ぶ。この方法が用いられた例として、ジュネットは、書簡体小説やロバート・ブラウニング(Robert Browning, 1812-89)の物語詩『指輪と本』(*The Ring and the Book*, 1868-69)、『羅生門』(黒沢明監督作品、一九五〇)の映画などを挙げている(Genette, p. 190)。映画のもととなった芥川龍之介(1892-1927)の短篇小説『藪《やぶ》の中』(一九二二)は、ある殺人事件をめぐって四人の目撃者が語るという形がとられていて、この方法に分類することができる。

不定内的焦点化　variable internal focalization

『フランケンシュタイン』の場合、複数の語り手が存在するため、語り手の交代に伴って焦点人物も変わってゆく。焦点人物は、ウォルトン→フランケンシュタイン→怪物→フランケンシュタイン→ウォルトンというように移り変わってゆき、全般的には不定内的焦点化の方法がとられていると言える。しかし、さらに細かく見てゆくと、それぞれの語り手の話のなかでも、焦点人物が変化している場合がある。一人称の語り手は、自分の知識の範囲内でしか語ることができないため、自分が直接知らない出来事に関しては、省略するか、あるいは一時的に焦点を別の人物に移し換えるという方法をとる。

たとえば、クラヴァルが殺害される前後の出来事を、フランケンシュタインがどのように語っているかを見てみよう。フランケンシュタインは、オークニー諸島の島の隠れ家で女の怪物を造ったあと、その残骸《ざんがい》を処理するために、ある日、夜中の二時から三時の間に舟を漕《こ》ぎ出し、海に捨てたあと、眠り込んだまま潮に流されてゆく。翌日の夕方、アイルランドの港に漂着すると、彼は群衆に取り巻かれ、殺人容疑で治安判事のところへ連れてゆかれる。

続いて、そこに呼び出された人々が証言を始める。まず、海辺に住むある女の話では、その前夜に、浜からひとりの人が乗った舟が海へ出て行くところを見たという。そのとき漁に出ていた三人の男たちの証言によれば、一〇時ころ、つまり女が舟を見た約一時間後に、港に引き揚げて砂浜を歩いていたところ、ひとりがつまずき、見ると足もとに男が倒れていた。そのとき、もうひとりの漁師は、海岸からほんの少し離れたところで、ひとりの人を乗せた舟を見かけた。倒れていた男、つまりクラヴァルの身体はまだ温かく、服は濡れていなくて、首に指の跡があった。漁師たちは近くの家にクラヴァルを運びこみ、蘇生《そせい》させようとしたが、すでに息が絶えていた。

ここでは、フランケンシュタインが不在の場所で起きた殺人事件について語るために、遺体を発見した人々に焦点が移し換えられている。三人の漁師は同時に同じ経験をしているので、一括《くく》りにしてひとつの焦点として扱ってよいだろう。順次移動してゆく焦点から見た一連の出来事をつなぎ合わせてみると、次のようなことが浮かび上がってくる。遺体が発見されたときには、フランケンシュタインははるか離れたオークニー諸島の島にいて、舟を出す前だった（彼は島人とも言葉を交わしているので、アリバイもある）。したがって、事件のあとに人々が見た「舟に乗った怪しい人物」が真犯人であったらしい。ということは、怪物はクラヴァルを殺し、その遺体を海岸に捨てて、舟で逃げてゆくところを目撃されたのだろう。

この出来事が奇妙なのは、怪物が犯人であるにちがいないとしても、結局、それ以外の真相がわからないことである。なぜ、クラヴァルの遺体がアイルランドの海岸で発見されたのか。犠牲者の服が水に濡れていないこともあって、「遺体はおそらくよそから運んできたのだろう」と、証言者たちは言う。たしかにこのときクラヴァルは、スコットランドのパースにいたはずだった。フランケンシュタインは舟を出す前日に、オークニーの島でクラヴァルから手紙を受け取っている。フランケンシュタインはロンドンに行く用事ができたので、そこまでフランケンシュタインと同行したい、だから離れ小島を出てパースで自分と落ち合い、いっしょに南へ向かおうと、したためられていた。したがって、クラヴァルはパースでフランケンシュタインが来るのを待っていたはずで、アイルランドに行ったとは考えられない。ということは、彼はパースで怪物に殺されたのである。怪物は女の伴侶が解体されるのを見届けたあと、フランケンシュタインに復讐するためにパースへ向かい、そこでクラヴァルを絞殺して舟に載せ、アイルランドの海岸に遺体を捨てて、ふたたび舟で逃げ去ったというように推測できる。なぜ、そのあとフランケンシュタインの舟が、そこからさほど遠くない港に漂着するという偶然が生じたのかは、不明である。

謎を解明するためには、怪物自身を焦点人物とすることによって情報の欠如を補うしかない。しかし怪物は、この事件について結末部でわずかに触れるにすぎない。怪物はウォルトンに向かって、「おまえは、クラヴァルのうめき声が、おれの耳に音楽のように響いたとでも思っているのか」と訴えかけ、「クラヴァルを殺したあと、おれは悲嘆に暮れ打ちのめされて、スイスに戻った」と漏らすにとどめている。クラヴァル殺人事件もエリザベス殺人事件も、結局、殺害の瞬間は焦点化されず、犯人は見つからないまま迷宮入りする。ウィリアム殺害事件だけは、その「瞬間」が描かれる。その描写方法については、次の「多元内的焦点化」の例として取り上げる。

多元内的焦点化 multiple internal focalization

『フランケンシュタイン』は、全般的には不定内的焦点化の方法で語られているが、部分的には多元内的焦点化が生じている箇所もある。たとえば、ウィリアム殺人事件は、複数の焦点人物によって繰り返し語られ、この方法が用いられた例といえる。焦点人物となっているのは、アルフォンス、アーネスト、ジャスティーヌ、怪物、その他数人の証言者である。

まず、アルフォンスが、事件について、次のようにヴィクター宛ての手紙で知らせてくる。

この前の木曜日（五月七日）、私と姪《めい》［エリザベス］と、おまえの二人の弟たちとは、プランパレへ散歩に出かけた。暖かくうららかな夕暮れだったので、ふだんより遠くまで足を伸ばした。帰ろうと思ったころには、もう薄暗くなっていた。そのとき、先へ行っていたウィリアムとアーネストの姿が見えないのに気づいた。そこでベンチに腰をおろして、二人が戻るのを待った。やがてアーネストが帰ってきて、弟を見なかったかと尋ねた。アーネストが言うには、いっしょに遊んでいるうちにウィリアムは駆けて行って隠れてしまい、捜し回っても見つからず、そのあとも長い間待っていたが、戻って来なかったということだ。これを聞いて私たちは不安になり、暗くなるまで捜し続けたが、そのときエリザベスが、ウィリアムはもう家に帰っているのではないかと言い出した。だが家にはいなかった。そこで私たちは、松明《たいまつ》を持って引き返した。かわいいあの子が道に迷い、湿った夜露にさらされているかと思うと、休んでなどいられなかった。エリザベスもいたたまれない様子だった。明け方の五時に、かわいい息子が見つかった。つい昨晩には、はつらつとして元気だったのに、あの子は草の上に青ざめて動かなくなり横たわっていた。首には、殺人犯の指の跡がついていた。そして、あの子は家に運ばれた……　（第七章）

アルフォンスの語りのなかには、アーネストから聞いた話（傍点の部分）が挿入されている。したがって厳密には、この部分の焦点人物はアーネストである。

父の手紙を読んだヴィクターは急いで帰郷し、アーネストから、次のような話を聞く。

アーネストの語ったところによると、ウィリアムの殺害が発覚した日の朝、ジャスティーヌは病気になり、それから数日間床についたままだった。その間に、たまたま召使いのひとりが、彼女が事件当夜に来ていた服を調べてみたところ、ポケットのなかから、殺人の動機になったと思われる私の母のミニチュアが見つかったのだ。召使いはそれをすぐ別の使用人に見せ、その使用人が家の者にはひとことも言わず、治安判事のところへ行ったのだった。その者たちの証言により、ジャスティーヌは逮捕された。事実を突きつけられて、ジャスティーヌはかわいそうに、ひどく狼狽《ろうばい》した態度を見せたために、嫌疑がすっかり確実なものになってしまったのだ。（第七章）

これを語っているのはヴィクターだが、殺人事件発覚後の経緯をまとめているのはアーネストである。したがって、この部分の焦点人物はアーネストだということになるが、彼自身が目撃した内容は少ない。たとえば、傍点を付した部分は、アーネストが不在の場所で起きた出来事であり、厳密には、焦点人物として二人の使用人が含まれている。

裁判が行われ、数名の証人が呼ばれる。その証言内容を、フランケンシュタインは次のようにまとめている。

殺人事件が起きた夜、ジャスティーヌは一晩中外出していた。明け方ころ、殺された子供の遺体があとで発見された地点からさほど遠くない場所で、彼女は市場の女に姿を見られた。女は、こんなところで何をしているのか尋ねたが、彼女は異様な顔をして、取り乱してわけのわからない返事を返しただけだった。彼女は八時ころに帰宅した。夜の間どこにいたのかと尋ねられると、彼女はウィリアムを捜していたと答えて、あの子のことで何かわかったかと、しきりに聞き返してきた。遺体を見せられると、彼女は激しいヒステリー症状を現わして、それきり数日間寝ついてしまった。（第八章）

ここでは、市場の女、ジャスティーヌが帰宅したとき応対した者などを含め、数人の焦点人物の話が混ぜ合わされている。

このあとジャスティーヌが抗弁に立ち、フランケンシュタインはその内容を次のようにまとめている。したがって、この部分の焦点人物はジャスティーヌである。

ジャスティーヌがそれから語ったところによれば、殺人の起きた晩、彼女はエリザベスの許しを得て、ジュネーヴから一リーグ［約五キロメートル］ほど離れたところにあるシェーヌ村の叔母の家で過ごした。帰り道、九時ころに、ひとりの男に出会ったところ、彼女は行方不明になった子供を見かけなかったかと聞かれた。この話を聞いてびっくりし、数時間その子を捜し回っているうちに、ジュネーヴの門は閉まり、やむをえず、とある田舎家の納屋で夜の数時間を過ごした。そこの住人はよく知っている人たちだったが、起こすのは気が進まなかったのだ。その夜はほとんど目を覚ましていたが、朝方に二、三分うとうとしたらしく、何かの足音を聞いて目が覚めた。夜が明けていたので、避難所を出て、ウィリアムをもう一度捜しに出かけた。遺体のある場所の近くへ行ったとしても、それは知らずにしたことだった。市場の女に問いかけられてまごついたのは、不思議なことではない。なにしろ眠れぬ一夜を過ごしたあとだったし、ウィリアムの運命もまだ定かではなかったのだから。（第八章）

結局、判決は有罪となり、ジャスティーヌは処刑される。そのあと怪物に出会ったとき、フランケンシュタインは、真犯人である怪物自身の口から、次のような自白を聞かされる。

ジュネーヴに着いたのは夕暮れだった。おれは町を囲む野原に身を隠し、どうやっておまえのところへ出てゆこうかと思案した。疲れと空腹で気が滅入り、あまりにも惨めだったので、夕べのそよ風も、雄大なジュラ山脈の陰に沈む夕日の眺めも、楽しむことはできなかった。
ここでしばらくうたた寝して、苦しい物思いから救われたのだが、眠りは、ひとりの美しい子供が近づいてきたことで、破られた。その子はおれが選んだ森の奥へ、いかにも幼い子供らしくはしゃいで駆け込んできたのだ。それを見たとき、突然おれは思いついた。この小さい人間は偏見を持っていないし、まだいくらも生きていないのだから、奇形に対する恐怖もしみついていないだろう。だから、もしこの子をつかまえて、おれの仲間、友として育てれば、人の住むこの地上でこんなに寂しい思いをしなくてもすむだろうと。

そんな衝動に駆られて、おれは通り過ぎようとする子供を捕らえ、自分のそばに引き寄せた。おれの姿を見たとたん、子供は両手で目を覆い、かん高い悲鳴をあげた。おれは無理やりその手を顔から引き離して、言った。「坊や、どうしたんだね？　痛いことはしないから、聞いておくれ」

その子はバタバタともがいて、「放して」と叫んだ。「怪物！　醜いお化け！　ぼくを食う気だろ、バラバラにしちゃうんだろ――人食い鬼だ――放せよう、放さなきゃ、パパに言いつけてやる」

「坊や、もうお父さんには会えないよ、おれといっしょに来るんだ」

「恐ろしい怪物！　放せったら。パパは判事なんだぞ――フランケンシュタインっていうんだぞ――お仕置きされるぞ。それでも放さないっていうのか」

「フランケンシュタインだと！　じゃあ、おまえは敵の一族か――おれが永遠の復讐を誓ったやつの。それならおまえは最初の生贄《いけにえ》だ」

子供はなおも暴れて、おれの心を絶望に陥れるようなののしりの言葉を浴びせかけた。喉《のど》をつかんで黙らせると、見る間に子供は死んでおれの足もとに倒れていた。（第一六章）

このあとも怪物の自白は続く。怪物は、ウィリアムの遺体を見つめながら、自分が他人に苦しみを与えうることを実感して、狂喜する。怪物は、子供が胸につけていた母キャロラインのミニチュアを手に取って、その美しい女性の姿に見入り、魅せられる。しかし、そのような女性も、自分を受け入れてはくれないだろうと想像して、ふたたび怒りが蘇ってくる。そして怪物は、次の犯行に及ぶのである。

そんな思いに打ちのめされて、おれは殺人を犯した場所をあとにし、もっと人目につかない隠れ場所を探して、空っぽらしい納屋に入っていった。藁《わら》の上にひとりの女が眠っていた。若い女だった。おれが持っていたミニチュアの女ほどは美しくなかったが、感じのよい顔立ちで、若さと健康で美しくはつらつとしていた。おれは思った。ここにもひとり女がいて、喜びを伝えるその微笑《ほほえ》みは、おれ以外の者に与えられるのだと。それからおれは、女の上に身をかがめ、ささやきかけた。「起きるのだ、美しい人よ、おまえの恋人がそばにいるよ——おまえの瞳から一度だけでも愛の眼差《まなざ》しを受けるためなら、命を投げ出してもよいと思う男が。愛する人よ、目をさまして！」

眠っている女が身じろぎした。恐怖の戦慄《せんりつ》がおれのなかで走った。もしほんとうに彼女が目をさまし、おれを見て、おれを呪い、人殺しだと訴えたとしたら？　閉じた目を開け、おれを見たら、彼女はきっとそうするだろう。そう思うと、気が狂いそうだった。おれのなかで悪鬼が目覚めた――おれではなくて、この女が苦しめばよい。おれが殺人を犯したのは、この女が与えることのできるものを、おれが永久に奪われているからなのだ。だから、償いをさせてやる。犯罪の原因は彼女にあるのだ。罰も彼女に与えるがいい！　フェリックスと人間どもの血なまぐさい法律が教えてくれたことのおかげで、おれはいまや悪事をなすすべを知っていた。おれは娘の上にかがんで、服の折り目のひとつのなかに、ミニチュアをちゃんと入れておいた。娘がまた身動きしたので、おれは逃げた。（第一六章）

以上の怪物の語りでは、もちろん怪物自身が焦点人物である。焦点化の内容は、たんに出来事の視覚的な様相のみにとどまらない。たとえば、森の奥で横たわっているときの物思いや、ウィリアムを最初に見たときの思いつき、眠っているジャスティーヌを見たときの悪巧みなどは、怪物の心中を描き出したものである。このように焦点化とは、知覚・心理・思考・記憶などを含め、焦点人物によって捉えられた多面的現象を映し出す方法である（Genette, p. 189; Rimmon-Kenan, p. 71; Bal, pp. 142–149）。

さて、以上の証言を総合すると、ウィリアムが殺害されたのは、五月七日の夕方ころと推定される。怪物は殺人現場をあとにして、どれくらい歩き回っていたか述べていないが、明け方近くまでさまよっていたらしい。ジャスティーヌは、明け方にほんのわずかしか眠っていないと述べているので、怪物はちょうどそのとき納屋に入っていったことになる。ジャスティーヌが「足音」で目が覚めたと言っているのは、怪物が納屋を出て行ったとき聞いたものだろう。そして、その前後、五月八日の明け方五時ころに、遺体が発見され、フランケンシュタイン家に運ばれた。何も知らないジャスティーヌは、そのあとウィリアムを捜し続けているところを目撃され、朝の八時に家に帰り着いて遺体に対面することになったのである。

二人の犠牲者が出るに至った出来事は、このように複数の目から眺められることによって、多面的に浮かび上がり、私たちはフランケンシュタインが気づいていないいくつかの事実を発見する。第一は、怪物の悪行は、たんに怪物の悪意に根差しているだけではなく、直接的な動機があったということだ。幼いウィリアムが、フランケンシュタイン姓を名乗って、怪物を罵倒する言葉を浴びせなければ、怪物はこの子を殺しはしなかっただろう。第二は、出来事の原因として、偶然の要素がかなり影響を及ぼしていることだ。ジャスティーヌは、巧妙な罠《わな》に陥れられたかのようだが、それはすべて怪物が仕組んだというわけではない。怪物が空っぽだと思って入って行った納屋に、偶然ジャスティーヌがいて、それまで眠れぬ夜を過ごしていた彼女が、ちょうどそのときうとうとしていて、しかも彼女が美しかったために、怪物はたまたま出来心を起こしたにすぎない。つまり、偶然の連鎖によって、ジャスティーヌは冤罪《えんざい》をなすりつけられる身となったのである。このような側面は、つねに怪物の本性と殺人とを短絡的に直結させるフランケンシュタインの視点からは、見えないのである。

5 提示と叙述
showing / telling

語り手が出来事や登場人物について語るさいには、大きく分けて二つの方法がある。ウェイン・ブースは『小説の修辞学』において、「提示」と「叙述」とに分類した。「提示」とは、語り手が介入して説明したりせず、黙ってあるがまま示すことである。提示のもっとも純粋な形態は、登場人物の会話がそのまま記録・報告されている部分であり、そこでは語りの内容がそのまま出来事を示していることになる。他方、「叙述」とは、語り手が前面に出てきて、出来事や状況、人物の言動や心理、動機などについて、読者に対して解説することである。叙述のもっとも純粋な形態は、語り手による要約であり、その部分では、語り手の言葉の簡潔さや抽象性によって、出来事や人物の特殊性は減じる方向へ向かう。

フローベールやヘンリー・ジェイムズ以降の現代小説では、提示の方法が重視され、作者が姿を消した作品を、より純粋な芸術作品とする傾向もあったが、一九六〇年代以降のポストモダニズム（postmodernism）の作品などでは、故意に語り手が物語に介入して叙述する方法により、特殊な効果をねらうものもある。

本来、提示と叙述とは、ともに重要な方法であって、両者の間に優劣はないはずだ。要約と解説ばかりで劇的要素がまったくない小説は、読むに堪えないものだろう。しかし、場面にかかずらわってばかりで、いっこうに先に進まない小説も、読みづらい。さほど重要でない部分は、要約によって物語の進行を速めるほうが効果的であろうし、語り手の解説があるからこそ、小説は味わい深くなるのだ。要は、作品の各部分でそれぞれふさわしい方法が選択されることであり、小説の語りは提示と叙述との絶妙の組み合わせによって成り立つべきものである。

フランケンシュタインは二度語らない

では、『フランケンシュタイン』のテクストにおいて、これら二つの方法がどのように使い分けられているかを見てみよう。次は、エリザベスと父が死んだショックで発狂し、獄に入れられていたフランケンシュタインが、正気を取り戻して釈放されたあとのくだりである。

私はあいつを手中に収めるいちばんよい方法は何かと思いをめぐらし始め、釈放後ひと月ほどたったころ、そのために町の判事のもとに行き、告訴したいことがあると言ったのだ。私は自分の家族を殺した者を知っている、殺人犯を逮捕するためにあなたの全権限を行使していただきたいと、彼に言った。

治安判事は注意深く親切に、私の話を聞いてくれた――「大丈夫です。犯人発見のために、私としてはどんな苦労も努力も惜しみませんから」

「ありがとうございます」と私は答えた。「それでは、私の供述を聞いてください。あまりにも奇妙な話で、信じていただけないかもしれませんが、いかに奇妙でも、真実には人を納得させるものがあるものです。この話は、夢にしては筋が通りすぎていますし、私は嘘《うそ》を言う理由もありません」。そう言ったときの私の態度は、相手に強い印象を与えるものではあっても、平静なものだった。私は心のなかで、自分を破滅させた者を追いつめて殺してやると、決めていた。このように目的が定まっていたので、苦悩も静まり、しばし人生と和解することができたのだ。そこで私は、自分の物語を手短に、だがしっかりと正確に、日付をきっちりさせながら話して、ののしったり叫んだりして脇道に逸《そ》れることもなかった。

治安判事は、はじめのうちはまったく信じられないといった様子だったが、私が話を続けるうちに、関心を示し、じっと聞き入った。ときには恐怖で身震いし、またときには、不信感を交えることなく驚愕《きょうがく》の色を顔に浮かべるのが、私にはわかった。

私は語り終えると言った。「これが私の告発する相手です。これを逮捕して罰するために、全力を尽くしていただきたいのです。それは治安判事としてのあなたの義務ですし、このさい、人としてのあなたのお気持ちから、職務の遂行をいやだとおっしゃりはしないと信じ、願っています」

（第二三章）

釈放後、フランケンシュタインが怪物を捕まえる方法を思いめぐらし、治安判事の助力を請いにゆく決心をするまでの間には、ひと月という時の流れがある。この期間については、叙述の方法によって要約されている。続いてフランケンシュタインが治安判事を訪れた場面も簡単に解説され、治安判事の家や、室内の様子、最初の挨拶《あいさつ》などの詳細の提示は省かれる。「大丈夫です。犯人発見のために……」という治安判事の言葉、それに対するフランケンシュタインの「ありがとうございます……」以下の直接話法で述べられている部分は、提示の方法によって場面が描写されている。ここでは、治安判事やフランケンシュタインの話の内容や話し方の特徴が、じかに提示されることになる。

そのあとフランケンシュタインが、自分の物語を話す箇所では、ふたたび叙述の方法に戻る。「手短に、だがしっかりと正確に、日付をきっちりさせながら話」すというようなやり方で、もし提示の方法がとられたとしたら、どうなるか。それは手短で、「ののしったり叫んだりして脇道に逸れること」がない点では、フランケンシュタインがウォルトンに語った物語よりは、簡潔なものかもしれないが、似た話の繰り返しであることにはちがいない。読者はすでに知っている話をもう一度聞かされることになり、作品はどうしようもなく散漫なものになってしまうだろう。結局、治安判事が消極的な態度を示したため、フランケンシュタインは心乱れて判事の家を飛び出す。したがって、この会見自体は、作品全体のなかで特に重要な位置を占める挿話ではない。それゆえ、ここで叙述の方法によって提示が省かれていることは、妥当な選択だと言えるだろう。

生命創造の場面の不在

フランケンシュタインはどのようにして怪物を造ったのか。それが謎のままとどまっているのは、小説でその場面が直接描写されていないからである。映画ではもっともクローズアップされる場面だが、小説では、語り手の解説という形で叙述の方法がとられている。

私の秘密の仕事の恐ろしさが、だれにわかるだろうか？　汚らわしいじめじめした墓場で、泥まみれになり、命のない土くれに生気を与えるために、生き物を痛めつけたのだ。いま思い出しただけでも、手足が震え、めまいがする。しかしあのときには、抗しがたい狂気にも近い衝動に駆り立てられていたのだ。このただひとつの仕事のため以外には、魂も感覚もなくなってしまったかのようだった。それも実は、一時の恍惚状態にすぎなかった。不自然な刺激の作用が止み、ふだんの習慣に戻ると、とたんに感覚が新たに鋭く研ぎすまされるだけだった。私は納骨堂から骨を集め、汚れた指で人体の恐るべき秘密をいじりまわした。家の最上階にあって、廊下と階段でほかの部屋から隔離された部屋、というか独房のようなところを、私は不潔な創造の仕事場にしていた。細かい仕事にかかるときには、目が眼窩《がんか》から飛び出さんばかりだった。材料の多くは、解剖室と屠畜場から取ってきた。人間としての本性から、自分のやっていることに吐き気がしてやめてしまうこともたびたびあったが、その間にもどんどん募る熱意に駆られてゆくうちに、仕事は終わりに近づいた。（第四章）

これは、ある一定の期間を含んだ叙述で、時が特定された場面描写ではない。場所についても、墓場や階上の仕事場、解剖室、屠畜場などが言及され、一箇所に限定されていない。「私の秘密の仕事の恐ろしさが、だれにわかるだろうか？」とか、「いま思い出しただけでも、手足が震え、めまいがする」などの語りは、語っている現在の時点での感想である。語り手は、過去を振り返って、そのころの状況を概括しているのだ。「汚らわしいじめじめした墓場で、泥まみれになり、命のない土くれに生気を与えるために、生き物を痛めつけた」とか、「納骨堂から骨を集め、汚れた指で人体の恐るべき秘密をいじりまわした」といった表現は、強烈なイメージを喚起するが、やはり漠然としていて、特定の場面を提示しているとは言えない。どんなふうに泥まみれになったのか？　土くれに生気を与えるために、生き物を痛めつけるとは、どういうことか？　人体の恐るべき秘密をいじりまわすとは、どのような行為なのか？　これらの問いに対する答えは、ここでは具体的に提示されず、想像力で補うしかない。

もし、この部分を提示の方法で場面描写したとしたら、どうなるだろうか。実際に、「汚らわしいじめじめした墓場」か「不潔な創造の仕事場」における場面で、「眼窩から飛び出さんばかり」の目をぎょろつかせ、「汚れた指」で「泥まみれ」になっておぞましい作業をしているフランケンシュタインに対して、「人間としての本性」を持つ読者は、文字通り吐き気を催し、彼に対する共感をすっかり失ってしまうだろう。「いま思い出しただけでも、めまいがする」というだけの正常さを備えた語り手が、現時点から過去を振り返り、感慨をこめつつ要約しているからこそ、私たちは彼に対する共感を保ちながら、最後まで物語を読み続けることができるのである。

6 時間 time

アナクロニー anachrony

小説には、つねに「時間」という不可欠の要素が含まれている。すでに述べたとおり、小説のプロットでは、たんに出来事が起きた順に連ねて語られるストーリーとは異なり、しばしば時間の移動によって、順序が組み替えられる。ストーリーにおける出来事の順序とプロットにおける出来事の順序が合致しない場合を、ジュネットは「アナクロニー」と名づけた。アナクロニーには、さまざまなものがあるが、基本的には「後説法」(analepsis) と「先説法」(prolepsis) の二つの方法に区分される。「後説法」とは、出来事の継起を語っている途中で過去の出来事や場面に移行する方法で、「フラッシュバック」(flashback)とも呼ばれる。これは、映画でもよく用いられる手法である。

他方、「先説法」とは、まだ生じていない出来事を予知的に示す方法で、「フラッシュフォワード」(flashforward)ともいう。未来に起きる出来事をあらかじめちらりとほのめかす「伏線」も、先説法の一種である。また、すでにある程度進行している物語の途中から語り始める方法を、「イン・メディアス・レース」(in medias res)という。これは、エミリ・ブロンテの『嵐が丘』をはじめ、多くの近代小説で用いられている手法である。船出したウォルトンが、怪物を追いかけているフランケンシュタインに海上で出会うところから始まる『フランケンシュタイン』も、イン・メディアス・レースの方法がとられた一例である。

三人称の語りの場合は、全知の語り手が出来事の間を行き来しながら、時間を自由に操ることができる。一人称の語りの場合でも、語り手や登場人物の回想や手記、手紙などを用いることによって、時間を移動させる方法がとられる。『フランケンシュタイン』では、ウォルトンから姉への手紙のなかにフランケンシュタインの物語が組み込まれ、さらにそのなかに怪物の回想や、アルフォンス、エリザベスの手紙などが挿入されていて、複雑な時間操作が行われている。

時間標識　time-marker

作品のなかの時間を特定する材料となる具体的情報を、「時間標識」という。たとえば、

『嵐が丘』で語り手ネリーが、ヒースクリフは三年間の失踪時にアメリカの戦争（ネリーの回想は、一八〇一年付けの手記に含まれているため、この戦争は独立戦争〔一七七五～八三〕を指す）で功を立てて金持ちになったのかと推測していることから、それが一七八〇年前後であることがわかる。

『フランケンシュタイン』にも重要な時間標識が含まれている。冒頭のウォルトンの手紙には、「一七──年、一二月一一日」という日付があるが、一八世紀の何年代であるかは伏せられていて、絶対年代は不明である。しかし、フランスの批評家J・J・ルセルクル（Jean-Jacques Lecercle, 1946- ）は、テクストを子細に読むことによって、物語が一七九〇年代に設定されていることを見破った。第一に、怪物は一七七四年に出版されたゲーテの『若きウェルテルの悩み』を読んでいるため、物語の舞台が、それ以降に設定されていることがわかる。第二は、フランケンシュタインが女の怪物を製作するためにスコットランドに向かう途上で、オックスフォードに立ち寄ったさい、「この町に入ると、一世紀半以上前にここで起きた出来事が思い出され、それで頭がいっぱいになった。チャールズ一世〔Charles I, 1600-49〕は、ここで兵力を招集したのだ」（第一九章）と述べていることである。このあとに続く解説を読むと、フランケンシュタインが言及している出来事が、一六四二年の清教徒革命を指していることがわかる。それから一世紀半以上たったとすると、一七九二年以後になる。したがって物語が語られている時点は、一七九二年から一七九九年の間に特定されることがわかるのである。

これから逆算してゆくと、フランケンシュタインが生まれたのは、一七七〇年前後だということになる。インゴルシュタットの大学に入学した一七歳のときは、一七九〇年前後で、怪物を製作したのはその約四年後、二一歳のときである。そのあとの出来事の経過から時間の流れを計算すると、ウォルトンに出会って物語を語っているときのフランケンシュタインは、二五歳くらいだということになる。

時のたわむれ

フランケンシュタインは、過去へ遡って、自分の両親が出会った経緯から物語を始める。フランケンシュタインがウォルトンに語っている時点は一七九〇年代で、彼の物語は、彼が生まれる二～三年前、つまり一七六〇年代後半～一七七〇年ころから始まるのである。したがってこの作品には、語っている現時点と語られている過去という、二つの時間体系が存在する。大筋としては、作品のはじめと終わりでは、語っている現時点での時間が流れ、そのなかに挿入されている物語の部分では、過去の時間が流れている。フランケンシュタインの物語が怪物との出会いの時点まで進行すると、怪物の物語が挿入されることによって、ふたたび時間は一年半ほど前に遡る。怪物の物語のなかには、さらにド・ラセー家の経歴が内挿され、フラッシュバックの方法がとられている。

しかし、語りの現在と物語世界の過去は、整然と隔てられているわけではない。二つの時間体系は、時として複雑に絡み合う。フランケンシュタインは、過去の出来事を回想しながら、しばしば二五歳の現時点における想いを、語りのなかに織り交ぜる。たとえば、クラヴァルとの旅について振り返っている最中に、「クラヴァル！　愛する友よ！　いまでも私は喜んで、きみの言葉を記録し、きみに断然ふさわしい賛美の言葉を連ねる」（第一八章）という言葉が挿入されたり、殺されたエリザベスを発見した場面で、「どこを見ても、私はそのときの姿を思い出す」（第二三章）という言葉が差し挟まれたりするのである。

また、フランケンシュタインは物語の途中で、時々現時点に立ち返り、ウォルトンに話しかける場合がある。たとえば、大学に入って三年目ころ、ついに生命の秘密を探り当てたという箇所にさしかかったところで、フランケンシュタインは次のようにウォルトンに話しかける。

友よ、あなたの熱心な様子、あなたの目に浮かんだ驚きと希望の色を見ると、私の知っている秘密が聞けるかと、期待しておられるようだ。でも、それはかなわぬことだ。辛抱強く最後まで私の話をお聞きなさい。そうすれば、私がこの問題について口をつぐむ理由が、容易にわかるだろう。あのころの私と同様無防備で熱意に燃えたあなたを、破滅と免れえぬ不幸へと導きたくない。私の教訓はともかく、せめて私の実例を見て、学んでいただきたい。知識を得るのがいかに危険なことか、そして、自分の故郷が全世界だと思っているような人間のほうが、自分の本性が許す以上のものになりたいと憧れる人間よりも、どれだけ幸せかということを。

（第四章）

ここでは、ざっと五年間ほど飛び越えて、語っている現時点に戻っている。このように作品では、相異なる時間が交わり絡み合いつつ流れてゆくのである。

物語の速度　**tempo**

物語はさまざまな速度で語られる。ジュネットは、速度の主要な形式として、「省略法」（ellipsis）、「要約法」（summary）、「情景法」（scene）、「休止法」（pause）の四つを挙げている。「省略法」とは、ある期間を省略して、一気に飛び越える方法である。「それから二年後、彼は……」というように、省略された時間が指示される場合を「限定的省略法」、特に指示のない場合を「非限定的省略法」という。省略法が用いられているとき、物語は無限の高速度で進むことになる。「要約法」とは、数日間や数か月、あるいは数年に及ぶ生活を、行動や会話などの詳細を抜きして、数段落や数ページで要約する方法である。この形式がとられている箇所では、速度は速められる。それに対して、物語の場面が劇的に提示［→I-5　**提示と叙述**］され、理論上、物語内容の時間と物語言説の時間の速度が等しい場合を、「情景法」

と呼ぶ。「休止法」とは、語り手が物語の流れを中断させて、語り手としての特権を行使し、物語のその時点では登場人物がだれも見ていないような光景や情報を示すやり方である。この方法が用いられるさい、速度はゼロになる。

『フランケンシュタイン』においても、これらの四つの方法が組み合わされ、物語は速度を変えつつ進行する。たとえば、ボーフォールが病に倒れ、娘キャロラインがつましい仕事で生計を立てながら、父の看病をしたという箇所で、次のように省略法が用いられている。

こうして数か月がたった。彼女の父の病は悪化した。彼女はますます看病に時間をとられるようになり、生計の手段は減っていった。そして一〇か月目に、父親は娘の腕のなかで息を引き取り、彼女は孤児となり乞食となって残されたのだった。この最後の一撃が、彼女を打ちのめした。ボーフォールの柩《ひつぎ》のそばにひざまずいて、彼女がさめざめと泣いているまさにそのとき、私の父が部屋に入っていったのだった。彼は哀れな娘のもとに、守護天使のごとく現われたのだ。彼女は彼の保護に身をゆだねた。父は友を埋葬したあと、彼女をジュネーヴに連れ帰り、ある親戚にあずけた。この出来事から二年後、キャロラインは彼の妻になった。（第一章）

「数か月がたった」「一〇か月目に」「二年後」というように、省略された時間が指示されていて、ここでは限定的省略法が用いられている。

物語の大部分では、場面が描写される情景法と、場面間の移行部分をつなぐ要約法とが、交互に用いられる。要約法の部分でも、数日間の生活を数ページにわたって述べるというように、速度がゆったりしている場合もあれば、数年間の生活を一段落で述べるというように、急速度の場合もある。次の一節は、インゴルシュタットで病に倒れたフランケンシュタインがふたたび回復し、クラヴァルとともに文科系の学問を学んでいた時期の生活を描いている。

そんな勉強をしているうちに夏は過ぎ、ジュネーヴへの帰郷は秋の終わりということに決まった。しかし、あれこれの事情でのびのびになっているうちに、冬と雪がやって来て、道は通行不可能になり、旅は次の春まで延期になった。この延期は、私にはとても辛かった。故郷の町や愛する家族に早く会いたかったから。帰郷がこんなに遅れたのはひとえに、クラヴァルを、だれも知り合いができないうちに、見知らぬ土地にひとり残してゆきたくなかったからだった。しかし、冬は楽しく過ぎ、例年になく遅かった春も、いったん来ると、その美しさは遅れを補ってくれた。（第六章）

ここでは、半年以上にわたる歳月が、一段落で要約されている。これに続いて、その春の五月、フランケンシュタインとクラヴァルが、町の周辺を二週間徒歩旅行に出かけたことが、要約法で語られる。旅から帰ったフランケンシュタインは、父からの手紙を受け取り、ウィリアムの死の知らせを受ける。フランケンシュタインが手紙を読む場面は、情景法で描かれている。

物語には、休止法が用いられた箇所もおりおり見られる。たとえば、エリザベスがフランケンシュタイン家に引き取られてきた箇所で、語り手は、「どんな言葉も表現も、彼女と私との関係を言い表わすことはできない――妹以上の存在。彼女は死ぬまで、私だけのものとなる定めにあったのだ」(第一章)と述べる。ここでは、語り手がエリザベスのこの先の運命についてほのめかしている間、当時五歳だったフランケンシュタインの時間は停止している。また、フランケンシュタインが結婚式のあと船に乗り、上陸する箇所で、語り手は、「岸に触れたとたん、不安と恐怖が私の心に蘇った。それはまもなく私を捕らえ、永久に私につきまとうことになるのだ」(第二二章)と述べる。この瞬間のフランケンシュタインは、エリザベスが殺されることになるとは、まったく予期していない。語り手が、その後の成り行きを暗示している間、物語のなかのフランケンシュタインの時間は停止しているのである。

7 性格描写 character

「キャラクター」とは、文学作品の登場人物のことをいう。さらに、登場人物の特性や行動様式、つまり「性格」を指して、キャラクターという場合もある。登場人物やその性格は、他の文学形式やメディアでも表現できるが、人間の性質を描くうえでの豊かさと多様性、心理的洞察の深さなどの点で、小説に勝るものはない。小説とは、人物を造形するものであるといってもよい。

登場人物の描き方には、さまざまな方法がある。主要人物、副次的人物、心理や意識などの内側から描かれた人物、外面的特徴を外側から描いた人物など、多種多様の人物を挙げることができる。E・M・フォースターは、「平板な人物」（flat character）と「立体的な人物」（round character）という概念によって、登場人物を分類している（Forster, pp. 73–81）。

ことにイギリスでは、チョーサーの物語詩『カンタベリー物語』や、ジョン・バニヤン（John Bunyan, 1628–88）の宗教書『天路歴程』（*The Pilgrim's Progress*, 1678–84）においても、登場人物の性格の描き分けが見られるように、「性格」に対する関心は、近代小説が生まれる前から顕著であった。ヴィクトリア朝期の小説家トロロープ（Anthony Trollope, 1815–82）は、『自叙伝』（*An Autobiography*, 1883）のなかで、小説を構想するさいは、プロットよりも登場人物のほうを優先すべきで、プロットは人物を描くための媒体にすぎないと明言している。

ストーリーを非常に重視したウィルキー・コリンズ（William Wilkie Collins, 1824–89）も、『白衣の女』（*The Woman in White*, 1860）の序文で、「小説を書くときには、ストーリーを語らなくても性格を提示することができるかもしれないが、性格を示さずにストーリーをうまく語ることは不可能だ」と述べている。ヴァージニア・ウルフ（Virginia Woolf, 1882–1941）のように、人間を事物から切り離して描こうとした二〇世紀の「意識の流れ」（stream of consciousness）の作家でさえも、評論「ベネット氏とブラウン夫人」（"Mr Bennett and Mrs Brown," 1923）において、小説家はキャラクターを創造したいという強い衝動に捕らえられて、小説を書き始めるのだと述べている。

フィールディング（Henry Fielding, 1707–54）による人物の類型化、会話によって性格を描き分けるジェイン・オースティンの方法、平板な人物に強烈な生命観を与えるディケンズ（Charles Dickens, 1812–70）の方法、ジョージ・エリオット（George Eliot, 1819–80）による人物の鋭い心理分析など、イギリスの小説家たちはさまざまなやり方で、人物造形の方法を探求してきた。そこには、「性格」を重視するというイギリス的特色が通底していると言えるだろう。

性格によって滅んでゆく人々

怪物は、もともとは善良な存在であったのに、フランケンシュタインから捨てられ、すべての人々から排斥されたために、邪悪な殺人鬼と化した。そこには、人はもともとの性質ではなく環境によって悪くなるという考え方があり、メアリ・シェリーの母ウルストンクラフト（Mary Wollstonecraft, 1759-97）の小説『マライア、あるいは女性虐待』（*Maria, or The Wrongs of Woman*, 1798）［→II-5 精神分析批評（①フロイト的解釈）］の影響が見られる。

では、フランケンシュタインの場合はどうだろうか。彼はなぜ破滅したのだろうか。自らの生い立ちを語るフランケンシュタインは、自分がいかに両親の愛情に包まれて、恵まれた幸福な子供時代を過ごしたかを、強調している。つまり、彼に関しては、環境の犠牲とは言い難いのである。自分の関心が次第に科学へと向かい、やがては破滅的な行動に走るに至った経緯を、フランケンシュタインは「運命」のせいにしているが、それはまぎれもなく彼の「性格」から導き出された道筋でもあることを、彼は暴露している。とどまることなく探求しようとする性向、英雄的行為に憧れのぼせ上がりやすい気質、自分の能力に対する自信と野心、激しやすく孤立しがちな傾向など、彼の性格に潜むさまざまな要素が結びついて、彼は道を踏み外すことになったのである。

第二章でフランケンシュタインは、子供時代の自分とエリザベス、クラヴァルの性格を比較している。エリザベスは落ち着いていて集中力のある性質であったの対して、フランケンシュタインはもっと熱中癖があり、激しい知識欲に駆られやすかったこと。彼女は詩的な精神を持ち、自然を満ち足りた心で眺め、楽しむことができたのに対して、彼のほうは自然の原因の究明に心引かれ、隠された法則を解き明かすことに無上の喜びを覚えたこと。ともに偉業に対する情熱を持ちつつも、クラヴァルが英雄詩や騎士道ロマンスなどを読むことを好み、人間の行為や美徳、倫理関係などに関心を向けたのに対し、フランケンシュタインの興味はもっぱら自然科学的な秘密に集中したこと。そして、人の心を和らげる優しいエリザベスとの関係によって、クラヴァルがいっそう思いやり深く寛容な性質を示したのに対して、フランケンシュタインは、時として陰気になったり荒々しくなったりする気性の激しさを、彼女のおかげでどうにか抑えることができたということ。このように、互いを比較することによって、少年のころのフランケンシュタインの性格の特徴が、いっそうくっきりと浮かび上がってくるのである。

「性格」が人間の運命を決するという考え方は、主人公フランケンシュタインのみにとどまらず、さまざまな副次的人物の描き方にも及んでいる。フランケンシュタインは、自分の両親の出会いについて語るにあたって、祖父ボーフォールの経歴に触れる。豊かな商人であったボーフォールは、商売に失敗して破産したあと、娘を連れて身を隠し、自らの不幸を嘆きながら暮らす。彼は別の仕事を捜すつもりだったにもかかわらず、暇さえあれば悲嘆に暮れるばかりで何もせず、結局身体まで病気になって寝込んでしまい、けなげな娘に養われ看取られながら死んでゆく。この一連の経緯を語るさい、フランケンシュタインは、ボーフォールの没落が、たんに外的な出来事や経済的要因のみによってではなく、彼自身の「性格」によって内的に決定づけられたものであることを示唆しているのである。

エリザベスはフランケンシュタインに宛てた手紙のなかで、ジャスティーヌの身の上について語っている。ジャスティーヌの母モリッツ夫人は、四人の子供のうちなぜかジャスティーヌだけを疎んじ、それを哀れんだフランケンシュタイン夫人が、彼女を使用人として引き取った。しかし、他の三人の子供たちが相次いで死んでゆくと、モリッツ夫人はこれを天罰と考え、ジャスティーヌに対する自分の仕打ちを悔いて、ふたたび彼女を自分のもとに呼び寄せた。モリッツ夫人は、ジャスティーヌに許しを請うたかと思うと、他の子供たちが死んだ原因は彼女にあるのだと言って逆恨みし、責め立てる。こうしてモリッツ夫人は、苛立《いらだ》ちながら次第に衰弱して死んでいったという。この話は物語全体にはなんら影響を与えないが、一連のプロセスが、心理的に辿られていることは興味深い。このように、この小説では端役に至るまで、性格による運命への影響が跡づけられているのである。

8 アイロニー
irony

一般的な意味で、「アイロニー」とは、見かけと現実との相違が認識されること、また、そこから生じてくる皮肉のことをいう。アイロニーは、言葉や状況、構造など、さまざまなレベルで機能する。

「言葉のアイロニー」(verbal irony)は、表面上述べられていることとは違う意味を読み取らせようとする修辞的表現である。これは、隠喩《いんゆ》や直喩《ちょくゆ》など他の修辞技法とは異なり、なんらかの言語形態をたよりに見分けることはできない。アイロニーは、解釈という行為をとおして初めて認識されるのである。

それに対して、「状況のアイロニー」(situational irony)は、意図されたり予想されたりしていることと、実際に起きていることとの間に、相違がある場合を指す。ある状況に関する事実と、その状況についての登場人物の認識とが一致していないことに、観客・読者が気づく場合に生じるアイロニーを、特に「劇的アイロニー」(dramatic irony)と呼ぶ。

そのほか、信頼できない語り手［→I-3 **語り手**］の使用などによって、小説の構造をとおしてアイロニーが生み出される場合もある。すでに見たとおり、『フランケンシュタイン』でも、ウォルトンやフランケンシュタイン、怪物は、信頼できない語り手であるため、さまざまな箇所でアイロニーが生じる構造になっている。

デイヴィッド・ロッジも述べているように、あらゆる小説は本質的に、見かけの裏に潜む現実の発見を描くものであるから、この文学形式の至るところにアイロニーが染みわたっているのは、当然であるとも言えよう（Lodge, p. 179）。

言葉のアイロニー　verbal irony

怪物は、隣の小屋に住む人々と親しくなることを切望し、ある日、ド・ラセー老人がひとりのときに住まいを訪ねる。盲目の老人と怪物が対話する場面は、作品中でももっとも感動的な箇所のひとつである。しかし、ここでも言葉のあちらこちらにアイロニーが仕掛けられている。怪物の語りのなかから、対話の一部を挙げてみよう。

老人はちょっと黙ってから、続けた。「もし、詳しい身の上話を隠さずに打ち明けてくださったら、ひょっとして、お友だちの誤解を解くのに、お役に立てるかもしれません。私は目が見えず、あなたの顔はわからないが、あなたの言葉には、何か誠実だと思わせるものがある。私は貧乏で追放の身だが、何かの形で人の役に立つことができれば、こんなに嬉しいことはない」

「立派なお方！　寛大なお申し出を、ありがたくお受けします。ご親切によって、塵《ちり》のなかから引き上げられる思いです。あなたの助けがあれば、あなたのお仲間におつき合いも同情もしていただけないまま、追い立てられることもないでしょう」

「追い立てるなんて、とんでもない！　たとえあなたが本当は犯罪者であったとしても。そんなことをしたら、あなたを絶望に追いやるだけで、美徳に向かわせる励ましにはなりません。この私も不運な人間で、私と家族は、無実なのに有罪を申し渡されたのです。だから、私があなたの不幸に同情しないかどうか、判断なさるといい」

「なんとお礼を申し上げてよいやら。あなたは私のいちばんの、たったひとりの恩人です。あなたの口から、初めて私は自分に親切な声がかけられるのを聞きました。ご恩は一生忘れません。いまのあなたのお情けで、これから会う人たちともきっとうまくゆくような気がしてきました」

「そのお友だちのお名前と住まいをうかがえますか」

おれは黙った。この一瞬で決まるのだ、と思った。幸福が永遠に奪われるか、それとも与えられるかが。気力を奮い起こして返事をしようともがいたが、その努力が、残っていたなけなしの力を崩してしまった。おれは椅子にくずおれ、声をあげて泣いた。その瞬間、若い庇護《ひご》者たちの足音が聞こえた。一刻の猶予もなかった。おれは、老人の手をつかんで叫んだ。「いまです！——私を助けて守ってください！　あなたがた一家こそ、私が求めている友なのです。この試練のときに、私を見捨てないで！」

「なんだって！」と老人は叫んだ。「あなたはだれなのですか？」

（第一五章）

深く思い悩んだ様子の客に同情して、老人は「何かの形で人の役に立つことができれば」と言う。しかし、「人」(a human creature)とは人類のことであって、怪物はそのなかに含まれない。老人の言葉は真心から発せられたものだが、読者は、言葉の意味のズレから生じるアイロニーに気づくと同時に、「人」という範疇から除外された怪物に対して、悲哀を感じる。怪物が老人に感謝して述べた「ご親切によって、塵のなかから引き上げられる」(You raise me from the dust by this kindness)という表現も、アイロニカルである。怪物を、文字通り「塵のなかから引き上げた」のはフランケンシュタインであるが、それは怪物にとって、とうてい「ご親切」とは言い難いものだったからだ。土壇場に追いつめられ必死で嘆願する怪物に対して、老人が最後に言った「あなたはだれなのですか」という言葉ほど、皮肉な問いはない。名前のない怪物には、これに対して答えようがないからだ。怪物が書物をとおして突き当たったのは、まさに「自分とは何か?」(What was I?)という問いであり、怪物はこれを解く苦しみを経て、ド・ラセー家との交わりに最後の希望を託したのだった。

「私があなたの不幸に同情しないかどうか、判断なさるといい」という老人の言葉も、このあとの状況を考え合わせると、皮肉に響く。その後、フェリックスが「父の命は危険な状態だ」と家主に話しているのを、怪物は立ち聞きする。自分が怪物の身近にいたと知って衝撃を受けたド・ラセーには、結局、怪物の不幸に同情している余地はなかったわけである。また、「ご恩は一生忘れません」という怪物の言葉も、このあとの展開を見てゆくと、空しく響く。怪物はこのあと、ド・ラセーへの感謝も、彼の前で声をあげて泣いたこともいっさい忘れたかのごとく、殺戮を繰り広げてゆくのである。

状況のアイロニー　situational irony

ウォルトンが姉に宛てた第三の手紙（七月一七日付け）の結びと、第四の手紙（八月五日付け）の冒頭部は、作品では連続的に配列されているが、その調子はずいぶん変化している。二つの部分を見比べてみよう。

第三の手紙

……さようなら、親愛なるマーガレット姉さん。ご安心ください。姉さんのためにも、ぼく自身のためにも、無鉄砲に危険に立ち向かったりしませんから。沈着、忍耐、慎重を心がけます。

でも、ぼくの努力はきっと、成功の栄冠を勝ち得るはずです。そうならないわけがないでしょ？　道なき海の上を辿って、ここまで来たのです。あの星たちが、ぼくの勝利を見守る証人になってくれますよ。飼い慣らされてはいないが従順な水の上を、さらに進んで行こうじゃありませんか。人間の確固たる心と決然たる意志を阻むことのできるものなど、あるものですか。

高まる心が、こんなふうにひとりでにどっと溢《あふ》れてきます。でも、もう筆を置かなければなりません。愛する姉さんの上に、天の祝福がありますように。

R・W

第四の手紙

イングランドのサヴィル夫人宛て

一七──年八月五日

とても不思議なことが起こりましたので、なんとしても書いておきたいと思います。この手紙がお手元に届くまでには、おそらくお会いすることになるかと思いますが。

先日の月曜日(七月三一日)、危うく氷に閉ざされるところでした。氷が四方八方から迫ってきて、船が浮かぶ余地もほとんどないほどでした。しかも、濃霧に包まれていましたのでかなり危険な状況でした。そこで船を停め、空気や天候が変わるのを待つことになりました……

天候や海の状況が変わったことによって、ウォルトンの手紙の調子は一変している。これを見て、なるほど危険に備えるための彼の「沈着、忍耐、慎重」の心がけが実践されていると、納得する読者は少ないだろう。むしろ、「飼い慣らされてはいないが従順な水」というように、海の恐ろしさを侮り、「人間の確固たる心と決然たる意志を阻むことのできるものなど、あるものですか」と傲《おご》るウォルトンの浅はかさ、自然の脅威を前にして、態度を豹変《ひょうへん》させおろおろする彼の小心さが、二つの手紙の対照から浮かび上がってくるのである。自分の成功の栄光を早々と称えるために、星まで証人に引き出してくるような大仰な物言いをしたその舌の根も乾かぬうちに、この手紙が姉のもとに届く前には自分はイギリスに帰っているはずだと言って、平然としているのだから、恥知らずと言ってもいいほどだ。このように、二つの対照的な手紙が連続するという状況から、アイロニーが生じてくるのである。

次の場面は、婚礼の日の夜、宿に着いたフランケンシュタインの様子を描いた箇所である。

昼間は落ち着いていたのだが、夜の闇で物の形がおぼろげになってくると、たちまち無数の恐れが心に生じてきた。不安になり警戒しながら、私はふところに隠したピストルを右手で握りしめ、物音ひとつにもぎょっとした。しかし、この命は高く売りつけてやる、私か敵かどちらかの命が絶えるまで、ひるまず闘い続けてやると、決意を固めた。

エリザベスは、私の興奮した様子を、しばらくおずおずと、心配そうに黙って見ていたが、私の目つきから何かの恐怖が伝わったらしく、震えながら尋ねた。「なぜそんなに興奮していらっしゃるの？　ヴィクター、何を怖がっていらっしゃるの？」

「しっ！　静かに、エリザベス」と私は答えた。「今夜だけだ。今夜さえ過ぎれば、だいじょうぶだ。でも、今夜は恐ろしい、とても恐ろしいんだ」

こんな心の状態で、一時間が過ぎたとき、私はふと思った。私がいまにも起こるかと待ちかまえているこの闘いが、妻にとってはどんなに恐ろしいものかと。そこで、私は彼女に先に寝室へ引きとってくれるよう、熱心に頼み、敵の情勢がある程度わかるまでは、彼女のところへは行くまいと心に決めた。

彼女は出て行った。私はしばらく宿の廊下を行ったり来たりしながら、敵が潜んでいそうなところを隅々まで調べた。しかし、やつの形跡はどこにも見つからず、私は、運よくやつの脅しの実行を妨げるような偶然が、何か起こったのではないかと推測し始めた。そのとき突然、耳をつんざくような恐ろしい悲鳴が聞こえた。それは、エリザベスが引き下がった部屋から聞こえてきた。（第二三章）

ここでフランケンシュタインが恐れているのは、怪物が自分と決闘するために姿を現わすことである。「私か敵かどちらかの命が絶えるまで、ひるまず闘い続けてやる」という決意にも見られるように、フランケンシュタインは怪物が彼の命だけをねらいにやって来ると思いこんでいる。「おまえの婚礼の日の夜に、また会おう」と言い残して行った怪物の言葉を、フランケンシュタインは一義的にしか解釈しないのである。しかし、たいていの読者は、この言葉がもっと多義的に解釈できることに気づく。それは、婚礼の日の夜に復讐しに行くという意味にはちがいないが、復讐の仕方には幾通りかの可能性があるはずだ。怪物のこれまでの復讐の仕方は、フランケンシュタイン自身ではなく、彼の身近な人々を殺すというものだったのだから、今度はエリザベスが危険にさらされているということに気づく読者は少なくないだろう。そのような読者の目には、エリザベスを別室へ行かせるのは、危険きわまりないことのように映るのに、そんなことは夢にも思わず、宿の隅々を点検しているフランケンシュタインの姿を見て、読者ははらはらしたりもどかしく思ったりする。このように、状況とそれに関するフランケンシュタインの認識とのズレに、読者が気づくことから、劇的アイロニーが生じてくるのである。

9
声
voice

モノローグとポリフォニー　monologue / polyphony

作者の単一の意識と視点によって統一されている状態を、「モノローグ的」(monologic)という。それに対して、多様な考えを示す複数の意識や声が、それぞれ独自性を保ったまま互いに衝突する状態を、「ポリフォニー的」(polyphonic)あるいは「対話的」(dialogic)と呼ぶ。これらは、ロシアの批評家ミハイル・バフチン(Mikhail Mikhailovich Bakhtin, 1895-1975)が、小説言語の特徴を示すさいに用いた中心概念である。バフチンは『ドストエフスキーの詩学の諸問題』(*Problems of Dostoevskii's Poetics*, 1929)において、単一の意識に還元されるトルストイ（Lev Nikolaevich Tolstoi, 1828–1910）のモノローグ的小説と比較して、ドストエフスキー（Fyodor Mikhailovich Dostoevskii, 1821–81）の「対話的」テクストでは、作者、主人公、登場人物などの複数の声や意識が衝突し合っていて、ポリフォニーを形成していると指摘した。のちにバフチンは、ポリフォニーは、ドストエフスキーの小説のみならず、あらゆる小説に固有の特徴であるとした。つまり、小説とは、いくつもの異なった文体や声を取り込んで、多声的なメロディーを織りなす文学形式なのである。『フランケンシュタイン』には、ウォルトンとフランケンシュタイン、怪物という複数の語り手が存在する。すでに見たとおり、それぞれの語り手の意識や声は、独立していて、互いに衝突し合っているさまがうかがわれる。では、そのほかにも、登場人物の声がポリフォニーを形成しているさまを見てみよう。

アルフォンスの声

第七章には、アルフォンス・フランケンシュタインから息子ヴィクターへ宛てた手紙が挿入されている。ここで読者は、アルフォンスの声を直接聞くことになる。これは、ウィリアムが殺されたことを知らせる緊急の手紙であるにもかかわらず、用件に入る前に、「ずっと不在にしていたからといって、おまえは家族の悲しみに対して無関心ということはないだろうね」とか、「長らく不在だった息子をどうして苦しめられようか」というような前置きがある。このような一大事を伝えるときにさえ、大学に行ったきりまったく家に帰りもしなければ手紙さえ寄こさない息子に対する非難がこめられているようだ。用件を伝えたあと、彼は「戻ってきて私たちを慰めることは、おまえにとって、家に帰りたいという気持ちを起こさせることにはならないのか」と述べているが、この言葉には、かすかな非難が読み取れる。

手紙は最後に、「苦しんでいる父より」と結ばれる。もちろん苦しみの原因は、ウィリアムが殺されたことにほかならないのだが、そういうときに長男がなかなか家に帰ってこないということも、苦しみの一部であるという含みがないとは言えない。この手紙を読んで、フランケンシュタインが父に対してどう感じたかは書かれていない。彼はただ殺人事件に衝撃を受けたということしか述べていない。したがって私たちは、アルフォンスの「声」をとおして、語り手フランケンシュタインの意識には還元されない「もうひとつ別の見方」を、聞き取ることになるのである。

エリザベスの声

作品には、エリザベスからフランケンシュタインに宛てられた二通の手紙が挿入されている。一通目は、インゴルシュタットで病に倒れたフランケンシュタインが、回復期にさしかかったときに届く手紙である。ここで読者は、手紙の書き手エリザベスの声を直接聞くことになる。彼女は、ひとことでも一行でもいいから、返事がほしいと繰り返し述べている。クラヴァルからかなり回復したという話は聞いているが、あなた自身の手紙で確信させてほしいと、彼女は請う。エリザベスも、フランケンシュタインが何も言って寄こさないことに対して、じりじりしているのだ。本当は、自分が飛んでいって看病がしたいのだと、彼女は言う。彼女は、「だれか報酬目当ての年寄りの看護婦があなたの世話をしているのかしら」（第六章）と想像しているが、優しいエリザベスとしては奇妙な、歪んだ見方である。そこには、自分が直接看病できないことを、嫉妬《しっと》の交じった気持ちでやきもきしているエリザベスの姿がうかがわれ、彼女がほんとうにフランケンシュタインのことを恋しているのだとわかる。それからエリザベスは、ウィリアムとジャスティーヌについての近況を伝える。これは、作者の側からすると、このあとに続く事件において、この二人が重要人物になってくるため、彼らを読者に紹介するための手段であると言えよう。

しかし、面白いのは、そのあとに添えられた世間話だ。それはジュネーヴの人々についての噂《うわさ》であるが、ほとんどが結婚話なのである。エリザベスは、フランケンシュタインと結婚したくてじりじりしていて、それを遠回しにほのめかしているようにも聞こえる。この手紙の声を直接聞くことで、私たちは聖女としてのエリザベスではなく、血の通ったふつうの娘としての彼女の姿を垣間見る。フランケンシュタインの注釈によってではなく、エリザベスの「声」をとおして、彼女自身の思いを知ることができるのである。

フランケンシュタインは、エリザベスの手紙を読んで、「愛するエリザベス！」と感嘆の言葉を漏らし、すぐに彼女に返事を書く。しかし、彼が書いた手紙はテクストでは省略され、ただ、病後の身体で手紙を書いたため、「ひどく疲れた」としか述べられていない。手紙の提示の省略とこのひとことによって、私たちは、フランケンシュタインがエリザベスをさほど愛していないのではないかという印象をふと抱く。

エリザベスの二通目の手紙は、クラヴァルが死んだあと、故郷ジュネーヴへの帰途にあったフランケンシュタインのもとに届く。それは、ふたたび会う前に、フランケンシュタインの悩みの原因を確認しようとして、したためられた手紙だった。自分たちの結婚は、幼いころから両親によって定められたものだったが、あなたは兄妹以上の深い結びつきを求めていないのではないかと、エリザベスはフランケンシュタインに尋ねる。「お互いの幸せにかけて、お願いだから、正直に答えてください——だれかほかの人を愛しておられるのではありませんか?」（第二二章）と彼女は問いかける。エリザベスの念頭にある「だれかほかの人」とは、フランケンシュタインがインゴルシュタットかどこかで出会い、恋に陥った女性の存在である。これほど真実からかけ離れた的はずれな推測はないと言ってもよく、私たちはフランケンシュタインの語りとは不調和な、平凡な女ごころの声を聞くのである。しかし、エリザベスを避けるフランケンシュタインの理由が、「だれかほかの人」、つまり怪物にあることはたしかだ。その意味では、エリザベスの推測は正しい。だとすれば、怪物がエリザベスの恋敵《こいがたき》であるということになり、エリザベスの素朴な声と手紙の読み手フランケンシュタインの意識は衝突し、奇妙なアイロニー［→Ⅰ-8 アイロニー］が生じてくるのである。

10 イメジャリー
imagery

ある要素によって、想像力が刺激され、視覚的映像などが喚起される場合、そのようなイメージ（心像）を喚起する作用を、「イメジャリー」と呼ぶ。また、イメージの集合体をイメジャリーという場合もある。

イメジャリーにも、さまざまな働きがある。あることを示すために、別のものを示し、それらの間にある共通性を暗示する場合は、「メタファー」（metaphor）という。特に類似性のないものを示して、連想されるものを暗示する場合は、「象徴」（symbol）である。具体的なものをとおして、ある抽象的な概念を暗示し、教訓的な含みを持たせる場合は、「アレゴリー」（allegory）という。

「森」というイメジャリーを例に挙げてみよう。「風車の森」というときは、本物の森を指しているわけではなく、風車の群れを「森」に譬《たと》えている。したがってこれは、メタファーである。寓《ぐう》意《い》的物語の場合は、物語の背後にもうひとつの意味体系、つまりアレゴリーのレベルが構築されている。ダンテ（Dante Alighieri, 1265–1321）が『神曲』（*Divina Commedia*, 1304–21）の〈地獄篇〉において、森のなかで道に迷うとき、「森」は「過ち」のアレゴリーである。シェークスピア（William Shakespeare, 1564-1616）の『お気に召すまま』（*As You Like It*, 1599-1600）では、「アーデンの森」が舞台になっている。物語が展開するにつれて、「森」は豊かな象徴性を帯びてくる。それは、文明からの逃避の場所であり、「自由の世界」や「夢の世界」「再生」「調和」「回帰」など多重の意味合いを帯びた象徴として機能している。

月

『フランケンシュタイン』における代表的なイメジャリーのひとつは、「月」である。重要な出来事が起こるときには、しばしばその前後に月の描写がある。それゆえ月は、強烈な視覚的映像を生じさせると同時に、何か別のものを暗示していて、「象徴」の役割を果たしているようだ。

月は、ギリシア神話では女性のシンボルであり、キリスト教においては母性を象徴する。そのほか、狂気や想像力、詩的霊感をはじめ、純潔と無節操、多産と不妊など、相反するものも含めて、月が象徴するものは多岐にわたる。

怪物がフランケンシュタインの前に出現するさいには、いつも月の描写が前触れとなる。シェークスピアの『ハムレット』（*Hamlet*, 1600-01）において、亡霊の出没にさいして月が出てくるように、これは不吉な出来事を予言する目印であるとも言える。しかし、月はたんなる舞台道具にはとどまらず、それ以外の何かを象徴しているようだ。月は母性の象徴でもあるため、この作品では、フランケンシュタインの創造行為や、彼と怪物との親子関係を象徴しているとも言えるだろう。フランケンシュタインが生命創造の作業に没頭しているとき、「月が深夜の私の仕事を見守っていた」とある。「仕事」＝“labor”には、「分娩《ぶんべん》」という意味もあり、ここで月は、人造人間を製作するフランケンシュタインの「出産」行為を象徴していると言えるだろう。怪物が生まれたばかりの夜にも、フランケンシュタインが悪夢から目をさますと、窓から差し込む月明かりに照らされて、怪物が彼のほうを見ているという描写がある。

フランケンシュタインは、怪物の要請に応じて女の怪物を造る。完成間近になったとき、フランケンシュタインがふと顔を上げると、月明かりの窓辺で、怪物がぞっとするような笑みを浮かべて眺めている。それを見た瞬間、フランケンシュタインは我を忘れ、女の怪物を解体してしまう。その月夜、怪物はふたたびやって来て、フランケンシュタインに復讐を予告するのである。

数日後フランケンシュタインは、ばらばらにした女の怪物の遺骸《いがい》を始末するために、それらを籠に入れ、石を詰めて小舟に積み込む。夜中に月が昇ると、彼は小舟を漕ぎ出し、月が厚い雲に覆われた瞬間に、籠を海に投げ捨てる。真っ暗闇のなかで、それが沈んでゆく音を聞き届けたあと、フランケンシュタインはふたたび漕ぎ出し、その場所を離れる。犯罪者の心理が鮮やかに描かれた場面である。シェークスピアの『マクベス』（*Macbeth*, 1605-06）でダンカン王が殺害されるのも、月が沈んだあとであったことが、想起される。

婚礼の夜、殺されたエリザベスの亡骸《なきがら》の傍らでフランケンシュタインがその死を嘆いていたときも、ふと顔を上げると、開け放たれた窓から月の光が差し込み、窓辺で嘲笑《あざわら》っている怪物の姿があった。その後フランケンシュタインが、家族の墓を訪れ、怪物への復讐を誓ったときにも、それに答える声とともに、ふいに昇った丸い月が、怪物の姿を照らし出す。このように月は、フランケンシュタインと怪物の対面の場面に、繰り返し現われる。それは、彼らが恐怖や激情に駆られる場面でもある。その意味で、月は狂気を象徴しているとも言えるだろう。

水

この作品には、川や湖、海など、水のイメジャリーがしばしば現われる。まず、冒頭に登場するウォルトンは、北極を目指して航海の旅に出ようとしている。少年のころから海洋物語を読んで船乗りになることに憧れていたウォルトンは、いよいよ長い海への旅に出る企てに踏み出したのである。彼は、コールリッジ（Samuel Taylor Coleridge, 1772–1834）の物語詩「老水夫行」（"The Rime of the Ancient Mariner," 1798）［→I-13　間テクスト性］から、少なからぬ影響を受けたことも、姉への手紙で打ち明けている。したがって、この作品の枠組みは、海の旅の話で縁取られていることになる。ウォルトンの船は氷山に囲まれ、極度の寒さのため、何人かの船員は死んで海に葬られる。死の危険に瀕《ひん》した船員たちからの要請を受けて、ウォルトンは北極行きを断念し、イギリスへの帰路につくところで、物語は閉じられる。このように、海や氷などの水のエレメントは、死を象徴する危険な要素として描かれる。

フランケンシュタインの物語のなかでも、水はしばしば不吉な死の象徴となっている。ジャスティーヌが処刑されたあと、憂鬱に陥ったフランケンシュタインはよく夜中に舟を出し、何時間も湖上で過ごす。彼は舟を波に漂わせながら、静まりかえった湖水に飛び込んで水のなかに身を葬り去りたいという誘惑にしばしば襲われる。ここでも水は、誘惑的な死を象徴している。また、フランケンシュタインは、女の怪物を解体したあと、その死体を海に捨てる。海中にボコボコと沈んでゆくその音は、むごたらしい死の音として響く。そのあとフランケンシュタインは舟底に横たわったまま眠り込み、波に運ばれてゆく。大海原の上で目覚めたフランケンシュタインは、自分はこれから海上で飢え死にするのか、大波にのまれて溺れるのかと恐怖に駆られながら、海を眺めて「ここが私の墓場になるのだ」(第二〇章)と言う。フランケンシュタインは、運よく岸に漂着するが、そこで彼は、すでにクラヴァルが殺されたことを知る。クラヴァルの遺体は海岸に捨てられていたのだった。エリザベスが殺されるのも、湖のほとりの宿である。そして最後に、フランケンシュタインは、船上で息を引き取る。「ここが私の墓場になる」というフランケンシュタインの予言は、正しかったのだ。

このように、作品のさまざまな箇所で、湖や海は、死を象徴する場として描かれている。それゆえ、怪物が暗い海のなかに姿を消すという結末は、怪物の死を確実には伝えていないが［→I-15　**結末（怪物の最期）**］、海の象徴性という観点から見ると、その死が暗示されているると言えるだろう。

他方、水は作品に静穏な雰囲気をもたらす要素としても、機能している。フランケンシュタインがクラヴァルとともにライン川を下ったり、エリザベスとともに船で新婚旅行に出かけたりする情景は、作品中でももっとも美しく輝かしい箇所である。ことにエリザベスと二人きりで、エヴィアンに向けて川を行くフランケンシュタインは、生涯で最後の幸福なひと時を過ごす。「見て。魚が数えきれないくらい、透き通った水のなかで泳いでいる。川底の小石まで、ひとつひとつはっきり見えるわ。なんてすばらしい日なんでしょう！　すべてがなんてのどかで幸福に見えることかしら！」（第二二章）というエリザベスの無邪気な言葉に触れて、フランケンシュタインのみならず読者も、物語の陰惨さをしばし忘れるのである。このような面では、水は忘却や浄化を象徴しているとも言えるだろう。

また、水はメタファーとして用いられる場合もある。少年時代を回想するフランケンシュタインは、自分の運命を支配することになった情念について説明するさい、「それは山に流れる川のように、ほとんど忘れ去られた恥ずべき源から生じ、流れとともに水嵩《みずかさ》が増し、急流となって、いつしか私のすべての希望も喜びをも、押し流してしまった」（第二章）と表現している。ここでは、川の生成の譬えによって、自分がいかに破滅へと向かったかが漠然と比喩的に示されている[→II-12 文体論的批評(1)]。

11 反復 repetition

「反復」は文学の重要な修辞技法のひとつである。反復される要素は、頭韻や脚韻のように音である場合、リフレインや前辞反復のように語句である場合をはじめ、韻律や文法構造などさまざまである。近年、反復は物語の重要な要素としても注目されるようになった。J・ヒリス・ミラー(J. Hillis Miller, 1928-)は『小説と反復』(一九八二)において、エミリ・ブロンテの『嵐が丘』、ハーディの『ダーバーヴィル家のテス』(*Tess of the D'Urbervilles*, 1891)をはじめ、七つのイギリス小説を、反復という観点から分析した。物語のなかで反復される要素には、筋や出来事、場面、状況、人物、イメージ、言葉などさまざまなものがある。

出来事・人物の反復

『フランケンシュタイン』でもっとも頻繁に繰り返される出来事は、「死」である。フランケンシュタインの語る物語のなかで、ボーフォール、キャロライン、ウィリアム、ジャスティーヌ、クラヴァル、アルフォンス、エリザベスが次々と死んでゆく。そして、ウォルトンは最後にフランケンシュタインの死を告げ、怪物の死を暗示する。それゆえ、生命創造という出来事――怪物が造られるときと、その伴侶が造られるときとの、二度反復される――が物語の中心にあるにもかかわらず、作品は生よりも死によっていっそう色濃く彩られているのである。

しかも、病気で静かに息を引きとったキャロライン以外は、すべて悲惨な死に方をしている。ことに冤罪で処刑されたジャスティーヌや、怪物に殺されたウィリアム、クラヴァル、エリザベスは、残酷に命を奪われる。怪物の手口はいつも絞殺であり、犠牲者の首に指の跡がついているさまが、三度繰り返されるのである。そして、もうひとり無惨な殺され方をした者がいる。生まれる間際にフランケンシュタインに解体された女の怪物である。

フランケンシュタインと怪物の出会いの場面にも、反復が見られる。月光に照らされた窓辺に怪物が姿を現わし、フランケンシュタインと対面する場面は、三度反復される。また、フランケンシュタインの独白に答えて、怪物が陰から姿を現わす場面も、二度繰り返される。一度目は、フランケンシュタインが嵐のなかでウィリアムの死を嘆き叫んだとき、木立の陰から現われた怪物の姿が、稲妻によって照らし出される。二度目は、フランケンシュタインが家族の墓参りをし、怪物に対する呪いの言葉を発したとき、高笑いが聞こえ、「おれは満足している。哀れなやつめ！」という怪物の声が耳元で聞こえるのである。

書物を読んで影響を受けるという筋も、三度繰り返される。ウォルトンは、航海の物語、とりわけ「老水夫行」を読んで感化され、海に出る。少年のころフランケンシュタインは、コルネリウス・アグリッパ（Cornelius Agrippa, 1486–1535）の書物から絶大な影響を受けて、生命の霊薬の研究へと向かう。怪物は、ミルトン（John Milton, 1608–74）の『失楽園』（*Paradise Lost*, 1667）を読んで、「自分とは何か」という問いに目覚めるのである。

人物のなかにも反復の要素が見出される。キャロラインとエリザベス、ジャスティーヌは、窮状から救われてフランケンシュタイン家に入ったという境遇や、その女性的属性など、多くの点で共通点を持つのである［→II-6 フェミニズム批評（作品で描かれた女性たち）］。

言葉の反復

次の一節は、インゴルシュタットの大学で、初めてヴァルトマン教授の講義を聞いたフランケンシュタインが、熱狂する様子を描いた箇所である。

> Such were the professor's words —— rather let me say such the words of fate, enounced to destroy me. As he went on, I felt as if my soul were grappling with a palpable enemy; one by one the various keys were touched which formed the mechanism of my being: chord after chord was sounded, and soon my mind was filled with one thought, one conception, one purpose. So much has been done, exclaimed the soul of

Frankenstein, ——more, far more, will I achieve: treading in the steps already marked, I will pioneer a new way, explore unknown powers, and unfold to the world the deepest mysteries of creation.

　これが教授の言葉だった——というよりも、私を破壊するために発せられた運命の言葉であったと言っておこう。教授が話を続けている間、私の魂は明白なる敵と取っ組み合いをしているような感じだった。私の存在の機構を形作っているさまざまな鍵盤がひとつ、またひとつと触れられた。弦がひとつ、またひとつかき鳴らされた。やがて私の心は、ひとつの思い、ひとつの概念、ひとつの目的で満たされた。これだけのことが成し遂げられてきたのだ、とフランケンシュタインの魂は叫んだ——もっと、もっとたくさん私は成し遂げよう。すでに印《しる》された足跡を踏んで、新しい道を切り開き、未知の力を探究し、創造の深奥の神秘を世界に明らかにしてみせるのだ、と。

（第三章）

　ここで見られる「破壊」「運命」「魂」「敵」「創造」「神秘」などは、同一語または類語という形で、全編にわたってしばしば反復されている概念である。「足跡を踏む」「新しい道を切り開く」「未知の力を探究する」などの表現は、フランケンシュタインばかりではなく、ウォルトンも繰り返し用いている。「鍵盤がひとつ、またひとつ」「弦がひとつ、またひとつ」「ひとつの思い、ひとつの概念、ひとつの目的」「もっと、もっとたくさん」などの表現は、反復によって強調され、フランケンシュタインの熱烈な思いを伝える。彼がもはや逆戻りが不可能なほどの勢いで、ひとつの方向へ突き進んでゆくのが、感知されるのである。

ジャスティーヌの死後、憂鬱に浸るフランケンシュタインは、「孤独だけが私の慰めだった——深い、暗い、死のような孤独が」（第九章）と述べる。ダッシュのあとの部分は、"deep, dark, deathlike solitude" というふうに、頭韻を踏んでいて、音の反復が見られる。

また、すでに挙げた「月」［→I-10 イメジャリー］をはじめ、海、湖、雨、雷、光などのイメジャリーの反復も見られる。このように『フランケンシュタイン』では、さまざまなレベルの反復の要素が、修辞的機能を果たしながら、作品全体のテーマや雰囲気の統一を生み出しているさまがうかがわれる。

12 異化
defamiliarization

ふだん見慣れた事物から、その日常性を剝《は》ぎ取り、新たな光を当てることを「異化」と呼ぶ。そのために、ある要素や属性を強調し、読者の注意を引きつけるように際立たせる方法を、「前景化」（foregrounding）という。ロシア・フォルマリズムのヴィクトル・シクロフスキー（Viktor Borisovich Shklovskii, 1893-1984）によれば、習慣化によって蝕《むしば》まれてしまった生を、このような方法で回復することこそ、芸術の目的とされるのである。

怪物が誕生後の記憶を遡って回想する部分では、日常の世界で私たちがごく当たり前だと思っているもののひとつひとつが、異化される。初めて戸外に出た怪物は、夜の闇を「暗い不透明のかたまり」（第一一章）と呼ぶ。月は「木々の間から昇ってくる光る形」、鳥は「羽のある小さな生き物」、空は「頭上を覆う輝く光の屋根」、雪は「地面を覆っている冷たい湿った物質」といったように定義される。こうして、まだ事物の名称を知らない怪物によって、この世界に存在するひとつひとつのものが、新鮮に捉え直され、異化されるのである。喜びの感情を伴いつつ事物を前景化する怪物の表現は、詩的であるとさえ言える。

人間を異化する

怪物が最初に人間を見たのは、たまたま見つけた小屋のなかに入っていったとき、そこにいた老人が、叫び声をあげて逃げ出すさまであった。その外観は「今までに見たことのあるものとは違う」（第一一章）と表現され、怪物はまるで異星人が地球人を見るかのように、人間というものを異化する。そのあと村は大騒動になり、人々は怪物を見て逃げ出したり、石や飛び道具で攻撃したりする。このような反応に出会った怪物は、人間とは野蛮なものだと認識するのである。実はそれより前に、怪物は誕生した夜、フランケンシュタインの寝室を覗きに行ったはずなのだが、そのとき「人間」を見たことは、彼の記憶から消えていたらしい。

怪物はある小屋に住まいを定め、その壁の隙間から、隣家に住む人々を日夜観察し始める。盲目の老人、その息子と娘、それにあとで加わってきたアラビア人の女性。このド・ラセー家の人々を描いた箇所は、作品中でもっとも美しい部分のひとつである。それは、怪物の目をとおして見たこれらの人々の姿が、たとえようもなく美しく気高く、品位があり、そして悲しげだからである。彼らがほんとうにそれほどすばらしい人々であったのかどうかはわからない。しかし、人間界から排斥され、物陰から一家の様子を、物珍しく、そして憧憬《しょうけい》の念を抱きつつ眺めている怪物の目には、そう映るのである。このように怪物の語りによって、「人間」がさらに異化されてゆく。

言葉の世界へ

怪物は「言葉」に対して深い関心を抱く。最初に、怪物は隣家の人々が発する憂いを含んだ、あるいは単調な「音」に注目し、次第にそれが互いに経験や感情を伝え合うための手段であることに気づき、「言葉」を発見する。怪物は言葉を「神のような科学」（第一二章）と呼んで賛嘆し、自分もそれを習得したいと願う。こうして彼は、隣の人々の話す言葉から、単語を覚え始める。また、朗読の様子から、文字というものがあることも発見する。言語に対する純粋な興味は、やがて、隣の人々と知り合って好意を勝ち得るために、話せるようになりたいという強烈な学習欲へと変わってゆく。外国人サフィーが一家に加わり、人々が自分たちの言語――つまりフランス語――を彼女に教え始めると、怪物は、陰からその授業に参加し、文字の勉強を始める。

同時に怪物は、教科書として使用されたヴォルネー（Comte de Volney, 1757–1820）の『諸帝国の廃墟』（*Les Ruines, ou Méditations sur les Révolutions des Empires*, 1791）の内容から、歴史や宗教、社会、そして人間のさまざまな属性について学ぶのである。人間に関する情報は、怪物にとってはすべてが新しく驚くべき発見であるため、そのひとつひとつが異化される。

こうして、怪物はついに本が読めるようになり、たまたま戸外に置き去りにされていた本を持ち帰って、読書を始める。それらを読みながら、人間の世界に関する知識を獲得した怪物が到達したのは、「自分とは何か」という疑問であった。とりわけミルトンの『失楽園』

を読んで、最初の人間として神から造られたアダムや、神から疎まれ捨てられたサタンと自分とを比較しながら、怪物は自分の存在自体を前景化し、定義づけてゆくのである。

13 間テクスト性 intertextuality

文学テクストとは、つねに先行する文学テクストから、なんらかの影響を受けているものだ。つまり文学テクストは、孤立して存在するものではなく、他の文学テクストとの間に関連がある。この関連性を「間テクスト性」という。この概念を定着させたブルガリア出身の批評家ジュリア・クリステヴァ（Julia Kristeva, 1941-）によれば、あらゆるテクストは他のテクストを吸収し変形したものとされる。作品のなかで作者は、先行作品に言及したり、意識的、あるいは無意識のうちにそれについてほのめかしたりするのである。

『フランケンシュタイン』は、作者が一〇代のときに書かれた作品で、題材の大部分は読書から取られていると言ってもよい。父ウィリアム・ゴドウィン（William Godwin, 1756-1836）の熱心な教育や、夫パーシーとともに続けた読書の経験から、メアリは豊かな文学的知識を育《はぐく》んだ。それゆえ、『フランケンシュタイン』には、数多くのテクストからの影響が見られ、豊かな間テクスト性が秘められている。

一八一六年、パーシー・シェリーは自伝的な詩「アラスター」("Alastor," 1816) を書いている。これは、理想美に憧れた詩人が、孤独な魂のなかにそれを追い求め、絶望の果てに死ぬという内容で、その主題は『フランケンシュタイン』と共通している。若き詩人は、知識の泉を飲み干そうとして、自然の秘密を探り、生命の原理を発見したいという思いに捕らわれる。ここには、まさにフランケンシュタインという人物の原型が見出される。人造人間の創造という着想については、ピグマリオン伝説がもとになっていて、あくことなく知識を得ようとする科学者像には、一六世紀のファウスト伝説が影響を与えていると考えられる。

セルバンテス (Miguel de Cervantes Saavedra, 1547-1616) の『ドン・キホーテ』(*Don Quijote*, Pt I 1605; Pt II 1615) は、メアリが『フランケンシュタイン』の創作中に読んだ本のうちのひとつである。ドン・キホーテもフランケンシュタインもともに、同胞を助けたいという高《こう》邁《まい》な意図から出発して、空想的な願望を追い求め、社会からどんどん駆け離れて悲劇的破局へと向かってゆくという点で共通している。

『フランケンシュタイン』はもともと、バイロンがジュネーヴの別荘で怪談を作って披露し合おうと提案したことから生まれた作品である。バイロンの発案のきっかけは、雨降りの日が続いて、一同がフランス語訳のドイツの怪談を読んでいたことだった。一八三一年版の序文によれば、そのなかの一冊に、『不実な恋人の物語』(*The History of the Inconstant Lover*) という作品が含まれていた。物語の主人公は、結婚の誓いをして花嫁を抱きしめるが、以前に捨てた恋人の青ざめた亡霊の腕のなかにいるのに気づく。この話は、フランケンシュタインが怪物に生命を与えた直後、そこから逃げ出して見た悪夢に似ている。フランケンシュタインは夢のなかでエリザベスに出会って彼女を抱きしめるが、彼の腕のなかでそれは彼の死んだ母親の遺骸に変わる。このときフランケンシュタインは、故郷にエリザベスを置き去りにしたまま、怪物の製作に没頭していたという点で、「不実な恋人」であると言えるだろう。

　メアリは一八一五年から一八一七年にわたって、ルソーの『**エミール**』（*Émile ou de l'éducation*, 1762）や『**新エロイーズ**』を何度か熟読している。ルソーは、人間は堕落する以前は無《む》垢《く》の状態であるという考え方を提示した。『フランケンシュタイン』では、人間社会の影響によって悪化する前の怪物は、そのような無垢の状態として描かれている。ここには、ルソーの考え方が反映されていると言えるだろう。また、『フランケンシュタイン』執筆中の一八一六年から一八一七年にわたって、メアリはジョン・ロック（John Locke, 1632-1704）の『**人間知性論**』（*An Essay Concerning Human Understanding*, 1690）を熱心に読んでいる。ロックは、人間はもともと白紙状態で、経験に基づいて知識を獲得してゆくという考え方を提唱した。怪物が知識を得ながら学習してゆく過程は、まさにロックの理論を実証したものと言えるだろう。

　メアリは、一八一五年から翌年にわたって、リチャードソンの『**クラリッサ**』（*Clarissa*, 1747-48）と『**パミラ**』を読んでいる。『フランケンシュタイン』を書簡体形式にするうえで、メアリはリチャードソンの作品から影響を受けた可能性がある。

フランケンシュタインがアルプス山中で怪物に出会う前の箇所には、パーシー・シェリーの「**無常**」（"Mutability," 1816）の一節が引用されている。また、その風景描写は、シェリーの「**モン・ブラン**」（"Mont Blanc," 1816）やバイロンの『**マンフレッド**』（*Manfred*, 1817）を彷《ほう》彿《ふつ》させる。クラヴァルとともに旅したときを振り返るくだりでは、ワーズワース（William Wordsworth, 1770–1850）の「**ティンターン寺院**」（"Tintern Abbey," 1798）が引用されている。

怪物が読んだ本として挙げられているヴォルネーの『**諸帝国の廃墟**』やプルタルコス（Plutarchos, c. 46–c. 120）の『**英雄伝**』（*Lives*）、ゲーテの『**若きウェルテルの悩み**』、そして『**失楽園**』の影響があることは、言うまでもない。

『失楽園』

メアリは『フランケンシュタイン』の執筆に先立ち、一八一五年から翌年にかけて、ミルトンの『失楽園』と『復楽園』（*Paradise Regained*, 1671）を二度にわたって読んでいる。彼女が『フランケンシュタイン』の創作にあたってミルトンを強く意識していたことは、次のような『失楽園』からの引用が、題辞として掲げられていることからも明らかである。

創造主よ、私は、土くれから人間の形にしてくださいと、あなたに頼みましたか？

暗闇から私を導き出してくださいと、懇願したでしょうか?　(第一〇巻七四三〜五)

これは、楽園から追放されたアダムの嘆きの言葉の一部である。『フランケンシュタイン』では、アダムの状況に置かれているのは、怪物である。つまりこれは、創造者であるフランケンシュタインに対する怪物の訴えの言葉として響くのである。するとフランケンシュタインは、神の役割を担っているということになる。それは、怪物がフランケンシュタインに対して述べている次の言葉によっても裏付けられる。

「おれは、おまえが造ったものだということを、忘れるな。おれは、おまえのアダムであるべきなのだ。だがむしろ、おれは何も悪いことをしていないのに、おまえに追い立てられて喜びを奪われた堕天使みたいだ」　(第一〇章)

怪物の言うとおり、怪物の立場はアダムとサタンの両方を兼ね備えている。この小説では、『失楽園』が複雑に変形して重ね合わされているのである。フランケンシュタインは、怪物に対して神のように振る舞うが、その振る舞い方は、『失楽園』の神とはまったく異なる。ミルトンの描いた神は、アダムに女の伴侶を造り与え、アダムとイヴに知識の木の実を貪《むさぼ》った罪を贖《あがな》わせるため、大天使ミカエルを遣わし、たとえ楽園を去っても自らの内なる楽園を得ることになるだろうと告げさせる。他方、フランケンシュタインは、怪物に請われて女の伴侶を造りかけたものの、途中でそれを破壊してしまうばかりか、怪物にいかなる救いも与えようとしない。フランケンシュタインは、生き物を造ったあとは、ただそれを忌み嫌い拒絶するばかりで、それに対して何の責任も共感も感じないのである。彼は怪物に対して、「おまえと私の間には、つながりはありえない。我々は敵同士なのだ」（第一〇章）と言ってはばからないのだ。しかし、フランケンシュタインと怪物は、ともに神から見放された状態に陥っている点で、共通点がある。怪物は「おれはサタンのように、自分の内に地獄を持つ」（第一六章）と言い、フランケンシュタインは「私は悪魔に呪われ、永遠の地獄を背負っている」（第二四章）と述べる。つまり、フランケンシュタインは、創造者であると同時に、地獄落ちする者でもあるわけだ。

このように『フランケンシュタイン』は、神とサタン、アダムの関係を複雑に変形しつつ、『失楽園』の物語を随所で反響させている。

『政治的正義の研究』／『ケイレブ・ウィリアムズ』

『フランケンシュタイン』には、「『政治的正義［の研究］』、『ケイレブ・ウィリアムズ』などの著者ウィリアム・ゴドウィンに、この本を謹んで捧げる」という献辞が添えられている。すでにパーシーと駆け落ちしていたメアリは、ゴドウィンにとって親不孝な娘だった。この献辞には、それに対する償いをこめつつ、思想家であり小説家であった父への深い敬意が表されていると言えるだろう。さらに、そこに挙げられた二つの著書は、『フランケンシュタイン』と間テクスト性があることも暗示されている。

『政治的正義の研究』（*An Enquiry Concerning Political Justice*, 1793）は、ルソーの思想の流れを汲み、善意に基づく制度のもとでは、公正で有徳の社会が作り出されるという考え方を示している。それゆえ、怪物が社会の不公正さと苛酷《かこく》さゆえに悪意に染まっていったという筋書きには、この著書の影響の跡が見られる。「真の世捨て人は、道徳的な存在ではありえない……彼の行いは、自らを惨めにしがちであるため、悪意のあるものとなる」とゴドウィンは述べる。そうであるならば、社会から拒絶されて孤立した怪物は、悪鬼と化しても当然だということになるだろう。

ウィリアム・ゴドウィン

また、メアリは一八一六年に、『ケイレブ・ウィリアムズ』（*Things as They Are, or The Adventures of Caleb Williams*, 1794）を少なくとも三回は読んでいる。パーシー・シェリーがいち早く気づいたとおり、『ケイレブ・ウィリアムズ』は中心テーマにおいて、『フランケンシュタイン』と密接な関係がある。地主フォークランドは、殺人を犯したことを隠しているが、彼に仕えるケイレブは、主人が犯人であると感づく。ケイレブは、「何か隠された宿命」に駆り立てられるように、主人の秘密を探ることに取り憑かれる。彼は自らのこの熱意を、「一時的な心神喪失」、「ある種の狂気のなせるわざ」と呼び、「怪物的」なものと形容している。それはまさに、生命創造の実験に取り憑かれたフランケンシュタインの熱狂と重なり合う。ケイレブもまた、フランケンシュタインのように「私の罪とはただ、誤った知識欲だったのだ」と呻吟《しんぎん》することになる。彼は秘密を知った結果、フォークランドに執拗《しつよう》に追跡されるようになるのである。このような追う者と追われる者のパターンは、フランケンシュタインと怪物の関係と重なり合う。フランケンシュタインと怪物が山中で出会って交わす対話は、ケイレブとフォークランドの対話のスタイルに似ている。また両作品における濃厚な心理的要素も、注目すべき共通点であると言えるだろう。

メアリは父ゴドウィンの著書の影響のみならず、母ウルストンクラフトの作品の影響も受けている。それについては、あとで触れることにしたい〔→II-5　**精神分析批評**（①フロイト的解釈）〕。

「老水夫行」

語り手ウォルトンは、北極へと船出する前に、姉への手紙で次のように述べている。

ぼくは、未踏の地へ、あの「霧と雪の国」へと向かいます。でも、ぼくはアホウドリを殺したりしませんから、ぼくの安否は心配しないでください。それとも、もしあの「老水夫」のように、ぼくが疲れ果てて、惨めな姿であなたのもとに帰ってくることになったら、どうでしょうか。こんなことを言ったら、あなたに笑われるかもしれませんが、秘密を明かしましょう。ぼくが海の危険な神秘に愛着を覚えたり、激しく熱狂するようになったのは、現代のもっとも創造力豊かな詩人のあの作品のおかげだと、ぼくはかねがね思ってきたのです。（第二の手紙）

このように、作品の冒頭近くで、ロマン派詩人コールリッジの詩「老水夫行」が言及されている。老水夫は、婚礼の祝宴に行く途上の若者に出会い、自らの体験を語る。老水夫は、かつて船が嵐で南極に流され氷に閉ざされたとき、飛んできた一羽のアホウドリを撃ち殺し、そのために呪いを受けたのだった。他の乗組員はすべて死に、命からがらふたたびイギリスに帰り着いた老水夫は、懺悔のために果てしない放浪の旅を続けるのである。

ウォルトンはこの物語に魅せられて、航海の旅に出るが、結局、北極探検の夢を果たすことなく、「老水夫」のように惨めな姿でイギリスへと帰って行くことになる。しかし、アホウドリを撃ち殺し呪いを受ける役割を担うのは、ウォルトンではなくフランケンシュタインである。フランケンシュタインは人造人間の創造という「アホウドリ殺し」を犯すのである。怪物が生まれた翌朝、フランケンシュタインは惨めな思いを引きずって、インゴルシュタットの町のなかを歩く。そのときの心境について語りながら、彼は「老水夫行」から次の一節を引用する（第五章）。

さながら寂しい道を、
恐れおののきながら歩む人のごとく、
ひとたび頭をめぐらせば、
二度と振り返ることなく歩み続ける。
恐ろしき悪霊が、
すぐあとから歩みきたれるを知ればなり。

フランケンシュタインは、恐ろしい怪物があとを追ってくるのを予感しながら、呪われた人生を歩み始めることになるのだ。そして、彼は罪の懺悔のために、怪物を追って放浪の旅に出る。その途上でウォルトンに出会ったフランケンシュタインは、ふたたび「アホウドリ殺し」のような致命的な過ちを繰り返させないために、老水夫のようにウォルトンに自分の体験を物語って聞かせるのである。

絵画「夢魔」

一般に「間テクスト性」とは、先行する文学作品との関係をいうが、広義のテクストのなかには、絵画など他の芸術作品も含まれる。たとえば、エリザベスが殺害された次の場面を読めば、ある絵画が浮かんでくる。

> エリザベスは死んでいた。ベッドに投げ出され、頭が垂れ下がり、苦しみに歪んだ青ざめた顔は、髪の毛で半分覆われていた。どこを見ても、私はそのときの姿を思い出す――殺人者によって、婚礼の棺台に投げ出されたその血の気のない腕とぐったりした身体を。（第二三章）

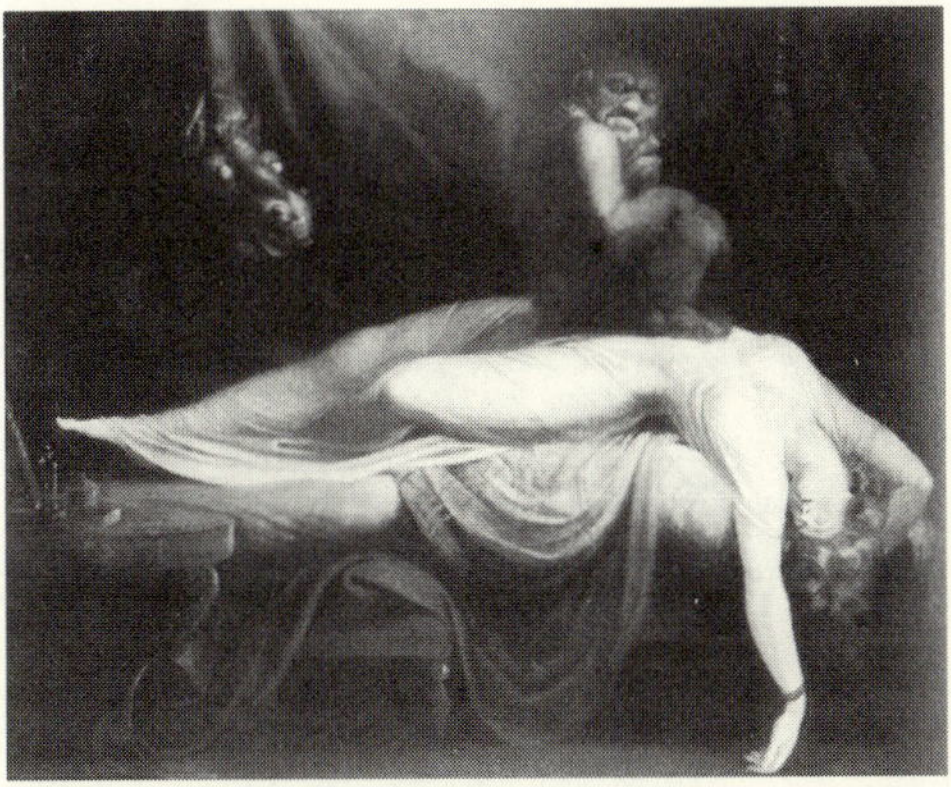

ヘンリー・フューズリ「夢魔」

このエリザベスの遺体の姿は、ヘンリー・フューズリ（Henry Fuseli, 1741-1825）――メアリの母ウルストンクラフトが未婚時代に恋慕した画家である――の「夢魔」（"The Nightmare," 1781）という絵に描かれた女性の姿態と同じものである。これはレイプのイメージとして有名な絵であることから、モーリス・ヒンドル（Maurice Hindle）は、怪物はエリザベスを強姦《ごうかん》したのだという説を打ち出している。

エリザベスの殺害は、女の伴侶を造ってほしいという願いが拒否されたことに対する、怪物の性的な復讐なのだというヒンドルの主張（Hindle, pp. 103–104）は、たしかに説得力がある。

14 メタフィクション metafiction

語り手が語りの前面に現われて、読者に向かって、「語り」自体についての口上を述べるような小説を、「メタフィクション」という。語り手がこのような態度を示すと、その作品が作り物にすぎないということが露わになるが、そういう状況が意識的・意図的に作り出される場合が多い。代表的な例としては、スターンの『トリストラム・シャンディ』がある。この小説では、物語が際限なく脱線し、それについて語り手がつねに弁明を繰り返すという形がとられていて、小説形式への大胆な挑戦が突きつけられている。

語りについての語り

物語の内容が、主としてフランケンシュタインの回想に集中している『フランケンシュタイン』は、いわゆる「メタフィクション」ではない。しかしこの小説にも、まったくメタフィクション的要素がないわけではない。それは、フランケンシュタインの語りを包含しているウォルトンの語りにおいて、時折編集方針や語りについての言及が見られるためである。姉に宛てた八月一九日付けの手紙で、ウォルトンは、翌日からフランケンシュタインが自分の経験についての話をしてくれることになったと述べている。ウォルトンは「昼間に聞いたフランケンシュタインの物語を、どうしても無理な場合以外は毎晩、できるかぎりそのままの言葉で書き留めることにした。忙しいときには、メモだけでも取っておく」（第四の手紙）と、編集方針を述べている。

さて、フランケンシュタインは何日くらいかけて語ったのだろうか。物語が終わって、ウォルトンが引き続き書いている手紙の日付は八月二六日である。「あなたは、この奇妙な恐ろしい話を読みましたね、マーガレット」（第二四章）と、彼は書き始める。ということは、八月二〇日から始めて遅くとも二六日までの、数日間から一週間にわたって、フランケンシュタインの物語は語られ記述されたということになる。

手紙のなかでウォルトンは、「フランケンシュタインの話は筋が通っていたし、語り口は真剣そのものだったけれども、その話が真実であるということに関しては、フランケンシュタインの話自体よりも、実際にフェリックスやサフィーの手紙を見せてもらったことや、自分の目で怪物の姿をちらっと見たことのほうが、説得力があった」と漏らしている。このような第三者の言によって、フランケンシュタインの語る非現実的な物語が、より信憑性を帯びることになる。それと同時に、フランケンシュタイン、あるいは人間の話す内容は、実際の出来事や事物ほどには確実なものではないということも、ここに暗示されていると言えよう。

真実と語りとの間の距離

ウォルトンは、次のようなことも述べている。

フランケンシュタインは、彼の物語について私が記録を取っていることを知った。彼はそれを見せてくれと言い、自分でそれに手を加え、随所で修正したり拡大したりし、とりわけ彼が仇敵《きゅうてき》と交わした会話には、生彩を与えようとした。「あなたは、私の話を書き留めてこられましたが、私は、不完全なものが後世に伝えられるのは嫌なのです」と彼は言った。（第二四章）

つまり、読者が目にするフランケンシュタインの物語とは、彼の視点から語られた物語を、ウォルトンが書き写しながら編集し、それにふたたびフランケンシュタイン自身が修正を加えて脚色したものだということである。それは、一週間以内でこのような物語記述が完成したという設定に対して、信憑性を与えるための、作者の側の理由づけであるとも言える。しかしそれは、もうひとつのことを暗示している。つまり「真実」は、幾重ものフィルターをとおして変形しているわけで、同じ物語について、少なくともウォルトンによる編集版とフランケンシュタインによるその修正版とが存在しうるということだ。ウォルトンにとっては、物語の読者は手紙の受け取り手である姉サヴィル夫人だが、引用したフランケンシュタインの言葉から察すると、彼のほうはより広範な後世の一般読者を想定しているようである。このような点からも、二つの版は性質を異にする可能性があるのだ。それは、真実と語りとの間には距離があること、この物語があくまでもフィクションであることを暗示していると言えよう。

15 結末
ending

「閉じられた終わり」と「開かれた終わり」
closed-endedness / open-endedness

小説の終結の仕方には、大きく分けて二種類ある。一方は、はっきりとした解決に至って終結する方法で、「閉じられた終わり」と呼ばれる。これには、たとえば主人公の結婚など幸福な状態で締め括られる「ハッピー・エンド」（happy ending）や、主人公の死や破局など悲劇的に終わる「悲劇的結末」（tragic ending）、あるいは、読者の意表を衝《つ》くような「意外な結末」（surprise ending）などがある。

他方、はっきりとした解決なしに終わり、結末について多様な解釈が可能である場合を、

「開かれた終わり」という。これには、シャーロット・ブロンテ（Charlotte Brontë, 1816–55）の『ヴィレット』（*Villette*, 1853）やディケンズの『困難な時代』（*Hard Times*, 1854）のように、二通りの解釈の可能性を含んだ「二重の結末」（double ending）や、ジョン・ファウルズ（John Fowles, 1926– ）の『フランス副船長の女』（*The French Lieutenant's Woman*, 1969）のように「多重の結末」（multiple ending）を併置させたもの、また、大胆な方法の例としては、ジェイムズ・ジョイス（James Joyce, 1882–1941）の『フィネガンズ・ウェイク』（*Finnegans Wake*, 1939）のように、結末が冒頭部へとつながり円環をなすような形のものもある。

従来、文学作品とは、未解決の事柄がすべて解決され、心地よい完結感によって閉じられるべきであると考えられていたが、読者の自由な読み方が優勢になるにつれて、そのような終結の仕方を否定し、無限の異なった解釈が可能であるような「開かれた終わり」の方法をとる小説が増えてきた。

怪物の最期

『フランケンシュタイン』は、次のような一節で作品が締め括られている。

「しかし、間もなく」と、怪物は悲しげで厳《おごそ》かな熱意をこめて叫んだ。「おれは死に、いまおれが感じていることも、感じなくなるだろう。おれは自分の弔いの薪を意気揚々と積み上げて、喜んで燃えさかる業火《ごうか》の苦しみに耐えよう。大火の明かりもやがて消えてゆくだろう。おれを焼いた灰は、風に運ばれて海に散るだろう。おれの魂は安らかに眠るだろう。もしそのとき考えることができたとしても、きっと、こんなふうではないはずだ。では、さらば」

こう言って、怪物は船室の窓から飛び降り、船の近くの氷塊の上に立った。怪物は間もなく波に運び去られて、遠くの暗闇のなかに消えていった。（第二四章）

この作品は、フランケンシュタインと怪物の死という「悲劇的結末」で終わるため、一見したところ「閉じられた終わり」のように見える。にもかかわらず、この終結部には、なにか曖昧な余韻が残る。その理由は、第一に、これが形式上ウォルトンの手紙であるのに、最後に訣辞《けつじ》も署名もないまま終わっているからだ。つまり、これは書きかけのまま中断された手紙だという意味では、閉じられていない。第二は、フランケンシュタインが死ぬ場面は描かれているが、怪物のほうは、これから死ぬことを予告して姿を消すところで終わり、確実に死んだとわかる場面が描かれていないことである。作者は、なぜ怪物が火のなかに飛び込んで自決する場面ではなく、生きた姿のまま暗闇のなかにフェード・アウトする方法を選んだのだろうか。

興味深いのは、現在私たちが目にするテクストの結末部は、作者の夫パーシーによって書き換えられたもので、メアリの草稿では、最後の段落が次のように書かれていたことである。

こう言って、怪物は船室の窓から飛び降り、船の近くの氷塊の上に立って岸から離れ、波に運び去られて行き、私はまもなく遠くの暗闇のなかに怪物の姿を見失った。

両方とも、状況はほとんど変わらないが、草稿段階では、後半の主語が「私」、つまりウォルトンであるのに対して、現行版のほうは、怪物を主語とした表現に置き換えられている。これについてアン・メロア（Anne K. Mellor）は、メアリ版では、ただウォルトンが怪物を「見失った」にすぎず、怪物がまだ生きている可能性が残るため、パーシーは、怪物が暗闇に消えたことを念押しすることによって、読者の不安を取り除こうとしたのだと推測している（Mellor, p. 68）。結局メアリは、夫の書き換えを受け入れているため、特に怪物が生きていることを示唆する意図はなかったのだろう。しかし少なくとも、彼女自身の草稿を見ると、読者の自由な想像の余地を残す「開かれた終わり」の印象が、より色濃くなってくることはたしかである。

II　批評理論篇

批評史概略

『フランケンシュタイン』の初版が出てから、もう二〇〇年近くたつ。しかし、ほんの三〇年ほど前までは、批評の焦点は、もっぱら作者メアリ・シェリーに置かれる傾向にあった。作品について論じられる場合にも、女性作家による小説であるため、男性中心の文学伝統のなかでは、ロマン主義文学の亜流という程度の位置づけしかなされなかった。内容に関する議論は、主に道徳的テーマをめぐる問題が中心だった。

しかし一九七〇年代以降、文学批評の動向の変化に伴って、『フランケンシュタイン』に関する学術的アプローチが盛んになり始めた。従来の文学伝統は、キャノン（canon）、つまり文学的な正典として権威づけられた作品によって構成されていた。しかし、キャノンを形成してきたのは、一部の特権者、つまり白人男性のエリート集団にかぎられ、その集団に属さない者——たとえば女性、同性愛者、有色人種、労働者階級など——の文学は、周縁に押しやられ軽視されてきた。このような反省のもとに、キャノンの見直しと拡大の方向へと向かうようになったのである。

『フランケンシュタイン』についても、ことにフェミニズム批評の立場から、女性作家の作品が排除されてきたキャノンのあり方を修正し、この小説を文学伝統のなかに組み入れようとする試みが顕著であった。一九九〇年以降には、階級や人種など、それまで見逃されていた観点からも見直されるようになる。他方、大衆文化を学術的研究対象とする文化批評の立場からも、この作品は脚光を浴びることになった。つまり『フランケンシュタイン』は、文学伝統と大衆文化という両方の流れのなかに位置づけられつつ、多様な観点から議論の対象とされるようになったのである。

『フランケンシュタイン』は、一九歳の女性作家によって書かれた処女作ではあるが、技法的には決して未熟な作品ではなく、形式主義的な角度からもじゅうぶん分析に耐えうる。文学作品がどのような形式から成り立ち、いかなる効果を達成しているかという問題に対する取り組みは、プラトン（Platon, 427–347 B. C.）、アリストテレス（Aristoteles, 384–322 B. C.）に遡り古くから見られたが、形式主義批評が体系的な方法論として現われたのは、一九一〇～一九二〇年代のロシア・フォルマリズム、一九三〇～一九五〇年代アメリカで起こったニュー・クリティシズム（New Criticism）、一九七〇年代以降盛んになった、構造主義の流れを汲む物語論などにおいてである。近年では、『フランケンシュタイン』の形式に関する研究も数多くあるが、本書においては、すでに第I部でこの作品の形式的側面について詳しく考察したため、以下の批評史では形式主義批評を省略する。

では、『フランケンシュタイン』をめぐる諸説を具体例として挙げながら、おのおのの批評方法の特徴を明らかにしてゆきたい。

1 伝統的批評
traditional criticism

①道徳的批評　moral criticism

『フランケンシュタイン』に関する最初の批評は、夫パーシー・シェリーが一八一七年に書いた「『フランケンシュタイン』について」（彼の死後、一八三二年に出版される）と題する評論である。パーシーは作者を「彼」と呼び、それがだれであるかを知らないかのように装っている。これは、作品に対する批判にあらかじめ備えて、弁護のために書かれたものであったようだ。しかし、この短い評論には、のちの批評にも影響を与えるような重要な指摘がいくつか含まれていた。第一に、この小説が手堅い筆致によって書かれ、読者の興味を掻《か》き立てつつ、出来事を積み重ねて終局へと導いてゆく技法が見事であると評価していること。怪物と盲目のド・ラセー老人が対話する箇所などは、涙なしには読めない感動的な場面だと述べている点などには、いくぶん印象主義的な論調が見られる。

第二に、人造人間がなぜ怪物になったのかという責任の問題を提起していること。怪物の犯罪や敵意は、悪い性癖からではなく、いわば「必然性と人間性」から生じたものだと、パーシーは言う。「ひどい扱いをすると、人は邪悪になる」というのが、この作品の教訓だというわけだ。つまり、愛情に対して軽蔑《けいべつ》で報いたり、社会的存在である生き物を社会から隔ててクズ扱いしたりすると、もとはどんなに良いものでも、悪意に満ちたものへと豹変してしまうと彼は言う。このようにパーシーは、道徳的テーマという角度から『フランケンシュタイン』について論じようとしたのである。

第三は、この小説が、読者に対して与える影響についての問題である。『フランケンシュタイン』は「強力な深い感情の源泉」となるような小説で、「流行の恋愛小説以外のものでも読める」読者なら、だれでも感動するだろう。しかし、「そのような感情の源と性向について深く考えることに慣れた」読者だけが、感情の結果としての行為にも共感できるであろうと、パーシーは言う。つまり、恋愛小説にしか反応しない低級な読者と、恋愛以外の感情にも共鳴できる読者、そして、頭で考えることによって真の共感を得ることのできる高度な読者、という三種の読者層がここでは設定されている。このような論法によってパーシーは、『フランケンシュタイン』が、高度な読者によってのみ理解しうる作品であると主張しているのだ。

しかしそれは逆に、多くの読者にとって、この小説が理解しがたい危険な作品であったことを暗示しているのではないか。同時代の多くの批評家にとって『フランケンシュタイン』は、教育的効果を生み出すよりも、むしろ扇情的な影響を及ぼす小説のように思われた。一八一八年、ジョン・クローカー（John Croker, 1780–1850）は書評において、この小説は、まるで狂気の作者によって書かれたような「恐ろしい吐き気を催させるようなばかげたものを織り交ぜた」作品で、「行いや作法、道徳について学ぶべきものはまったくなく」、よほど悪趣味な読者でなければ、読んでもいたずらに心が疲れ苦しくなるだけだと酷評している。また、同年、『エジンバラ・マガジン』（*Edinburgh Magazine*）に掲載された匿名の批評によれば、『フランケンシュタイン』の思想や表現には「力強さと美しさ」が見出されるものの、作者の未熟さを示した完成度の低い作品で、ことに、たんなる人間を「創造者」（creator）と呼ぶような不適切な表現は、信仰厚い読者に衝撃を与えると、批判している。

時代が下がって一八八六年、『フランケンシュタイン』が再発行されたさいにも、ヒュー・レジナルド・ホーイス（Hugh Reginald Haweis）はこの小説に対して「いささかのためらい」を感じると、序文で述べている。そこにはやはり、作品の道徳性に関する不安が絡まっているようだ。「この恐怖の物語は、いかなる詩的な正しさによっても救われることはないし、道徳的な兆しのようなものは、かりにあったとしても、ぼんやりしていて曖昧だ」とホーイスは言う。

しかしのちに、『フランケンシュタイン』は道徳的目的に基づいて書かれた作品だという主張も現われるようになった。一九五九年、M・A・ゴールドベルク（M. A. Goldberg）は、恐怖への快感に倫理的意味が含まれるとする一八世紀の美学原理に照らして、『フランケンシュタイン』が掻き立てる恐怖は、まさに道徳的教訓を与えるために不可欠の要素なのだと主張した。モーリーン・マクレイン（Maureen Noelle McLane）は、この小説は人間になり損ねるということについて描いたもので、間違った教育の譬え話であるとした。このように、

『フランケンシュタイン』を道徳的・教育的観点から論じようとする試みは、現代に至るまで続いている。

現代社会においても、隠喩としての「怪物」はあちこちに横行しているため、この作品の道徳的テーマは、今後もますます着目されるようになるだろう。ふつうの人間とは違い、わけのわからない存在であるがゆえに恐怖や不安を与えるものを、私たちは「怪物」と呼んで排除する。その概念の範囲は、自分の理解の及ばない他者を対象として、無限に広がる可能性もある。たとえば殺人は、文明社会においては弁解の余地のない蛮行であるため、殺人者は私たちにとって、「怪物」といってよい存在である。しかし、『フランケンシュタイン』は、怪物が生まれてきたのには理由があり、怪物となるに至ったプロセスがあるのだということを主張している。したがって、それをいかに受け止めるべきかは、畢竟《ひっきょう》、現代社会における隠喩としての「怪物」を私たちがいかに扱うかという重たい問題にもつながってくるのである。

②伝記的批評　biographical criticism

文学の伝統的な批評方法のひとつは、作品を主として作者の人生の反映と見る伝記的なアプローチの仕方である。たとえば、ヴィクター・フランケンシュタインのモデルは、作者の夫パーシー・シェリーだという説がある。語り手ウォルトンはフランケンシュタインについて、「狂気とさえ言えるような熱狂的な表情を帯びた目」をした「神々しいさすらい人」（第四の手紙）であると描いているが、それはたしかに「きちがいシェリー」と呼ばれた詩人パーシーの姿を彷彿とさせる。またウォルトンはフランケンシュタインについて、「彼ほど自然の美しさに深く感じ入ることのできる者はいない。星空や海や、このすばらしい場所で見られる景色のひとつひとつが、いまも彼の魂を地上から舞い上がらせる力を持っているようだ」とも述べる。これは、パーシーの詩人としての一側面を示していると言えるだろう。

そして、世界をよりよいものにしようとするロマンチックな理想主義、人間の創造力へのかぎりない信念、科学への熱狂といった点でも、パーシーはフランケンシュタインと共通した特性を併せ持っている。パーシーは科学に対して並々ならぬ興味を持っていた。パーシーの友人トマス・ジェファーソン・ホッグ（Thomas Jefferson Hogg）は『シェリーの生涯』（*The Life of Shelley*, 1858）において、科学に熱狂する彼の姿を描いている。パーシーはオックスフォードで、科学器具を買い集めて実験にふけっていて、実際、電気器具のハンドルを回して火花を生じさせたり、自分の体内に電流を流して髪を逆立たせたりするところを、ホッグに見せたり、自分で作った電気凧《だこ》の話をして聞かせたという。

またパーシーは、魔法や妖術《ようじゅつ》についての論文や、ガルヴァーニ電気についての詳しい論文を読んでいたし、電気と生命につながりがあるという議論で広く知られていた自然哲学者アダム・ウォーカー（Adam Walker）の講演を、イートンで聞いたこともあった。パーシーの錬金術師的なイメージは、フランケンシュタインの姿と重なり合うし、彼の電気に対するこだわりも、小説の雰囲気につながっている。作品では、怪物が生命を帯びる場面は曖昧に描かれているが、それが電気と関連していることを思わせる節がいくらかあるからだ。当時、処刑されて間もない囚人の身体に電気的刺激を加えて、死体を動かすという公開実験が、ロンドンやエジンバラで呼び物になっていたため、同時代の読者にとって、電気が生命誕生の媒介となるという発想は、真実味を帯びたものであったと思われる。

あるいは、フランケンシュタインのモデルは、パーシーが大きな影響を受けたエラズマス・ダーウィン（Erasmus Darwin, 1731–1802）だという説もある。『フランケンシュタイン』第三版の序文で述べられているように、メアリは、バイロンとシェリーがエラズマス・ダーウィンの実験の話をしているのを聞いたあと、『フランケンシュタイン』の着想を得た。それは、ガラスケースのなかにバーミセリ（細いパスタ）の一片を保存しておくと、「なんらかの特異な手段によって、それが勝手に動き出す」という実験だった。エラズマスは、当時の指導的な医者で詩人でもあり、無神論者、急進的な自由思想家、科学への関心などといった点で、シェリーと多くの共通点があった。彼は孫チャールズ・ダーウィン（Charles Darwin, 1809–82）の進化論を先取りしていて、生命はいつか創造されるかもしれないという説を唱えていた。代表作『ゾーノミア』（*Zoonomia*, 1794）、『自然の殿堂』（*The Temple of Nature*, 1803）で、彼は人間が生命を創造する可能性をにおわせている。したがって、当時の読者が、彼こそフランケンシュタインのモデルであると考えたとしても、無理はない。

モデルがだれであるかという問題のほか、伝記的批評では、作品が作者の人生における特定の出来事や挿話を反映しているという見方をする。たとえば、『フランケンシュタイン』における生命の誕生というモチーフは、作者メアリ自身の出産経験を映し出したものだという解釈がある［→II-6　**フェミニズム批評（母性／産むこと）**／→II-13　**透明な批評（なぜ怪物は黄色いのか）**］。

文学作品を、たんに個人的なものへと還元してしまうのは、危険である。しかし、「たいていの文学作品には、多くの外的状況が付随するので、それを露わにして探究すれば、そこから作品の重層的な意味が豊かに現われてくる」（Altick, p. 3）というリチャード・オールティック（Richard D. Altick）の見解は、もっともだと言えるだろう。批評の意義とは、文学作品の解釈を豊かなものにすることにほかならず、その意味では、伝記的批評はいまも有効な方法の一環をなすと言えるだろう。

2 ジャンル批評 genre criticism

文学作品をいろいろなカテゴリーに分類する考え方は、アリストテレスの『詩学』（*Poetics*）に遡るが、「ジャンル」（genre）という言葉が文学用語として用いられるようになったのは、一九世紀末ころからである。ジャンルには、形式上のカテゴリーに基づくものと、テーマや背景など内容上のカテゴリーに基づくものとがある。ある作品を詩・劇・小説のいずれかに分類したり、ある詩がソネット（sonnet）かバラード（ballade）かを区別したりするような場合は、形式上の特徴に基づいている。

他方、田園を背景としているという特徴によって、スペンサー（Edmund Spenser, c. 1552–99）の詩『羊飼いのカレンダー』（*The Shepherdes Calender*, 1579）や、ミルトンの詩『リシダス』（*Lycidas*, 1637）、ベン・ジョンソン（Ben Jonson, 1572–1637）の劇『悲しき羊飼い』（*The Sad Shepherd*, 1641）、トマス・ハーディの小説などを「パストラル」（pastoral）として分類する場合は、内容上の特徴に基づく。

また、「ノンセンス」（nonsense）文学として、エドワード・リア（Edward Lear, 1812–88）の五行戯詩（limerick）による『ノンセンスの本』（*A Book of Nonsense*, 1845）や、ルイス・キャロル（Lewis Carroll, 1832–98）の『不思議の国のアリス』（*Alice's Adventures in Wonderland*, 1865）、サミュエル・ベケット（Samuel Barclay Beckett, 1906–89）の劇と小説などを一括りに

する場合も、形式とは関わりなく、滑稽な言語使用や意図的な言語遊戯を含んでいるという特徴が、ジャンルの規範になっている。

このようなジャンルに関わる諸問題を扱う批評を、「ジャンル批評」という。まず一九五〇年代に、R・S・クレイン（Ronald Salmon Crane, 1886–1967）等のシカゴ学派が、アリストテレスの方法を復活させるうえで中心的な役割を果たした。カナダの原型批評家ノースロップ・フライ（Northrop Frye, 1912–91）は『批評の解剖』（一九五七）において、批評に科学的な方法を導入し、原型や下位区分のジャンルによって文学作品の分類を試みた。フライによれば、文学作品は、四季に関連する四つの原型的物語のグループ、つまり、喜劇（春）、ロマンス（夏）、悲劇（秋）、諷刺《ふうし》（冬）のいずれかに分類されるという。フランスの構造主義批評の先駆者ツヴェタン・トドロフ（Tzvetan Todorov, 1939– ）は、フライの分類方法が恣意《しい》的なものであると批判し、「原型」という考え方を否定して、さらにジャンルに関する理論を発展させた。トドロフの『幻想文学』（一九七〇）には、「ジャンルとは、つねに他の隣接ジャンルとの差異によって定義されるものである」という彼の根本的な考え方が示され、いまでもジャンル理論の古典になっている。そもそもジャンルの規範や構造に関する知識を抜きにした文学研究はありえないだろう。トドロフも言うとおり、ジャンルの存在を認めないのは、文学作品が既存の作品群と関係を持たないと主張するのに等しい。

①ロマン主義文学

すでに見たとおり、『フランケンシュタイン』は、さまざまな文学作品と間テクスト性があることから、多様な文学思潮やジャンルと関わりがある小説だと言える。とりわけ、コールリッジの「老水夫行」やワーズワースの「ティンターン寺院」は、小説中でその詩行が直接引用されている。これらは、イギリスにおけるロマン主義（romanticism）の発端ともいうべき『抒情歌謡集』（*Lyrical Ballads*, 1798）に収められた詩であるため、『フランケンシュタイン』がロマン主義文学と濃厚な関係があることを示唆していると言えるだろう。「老水夫行」は、フランケンシュタインが怪物を完成させた翌日、通りをさまよい歩いている場面に挿入される。引用箇所は、悪魔に追われている気配を背後に感じ怯《おび》えながら歩く人のさまを描いた部分であり、怪物の気配を恐れているフランケンシュタインの状況と、まさに重なり合う。罪を犯した人間の運命をテーマとした超自然的な物語であるという点でも、「老水夫行」と『フランケンシュタイン』には、共通のロマン主義的な底流が見られる。他方「ティンターン寺院」は、フランケンシュタインがクラヴァルとの旅を追想しながら、自然への情愛に溢れた亡き友を偲《しの》ぶくだりに挿入されている。そのほかにもこの小説には、崇高な山々や神秘的な湖などの自然描写や、ワーズワース的な自然への愛が描かれた箇所が数多くあり、その点でもロマン主義文学としての特徴が認められる。

ロマン主義は啓蒙主義への反動として現われ、自我や個人の経験、無限なるものや超自然的なものを重視する思潮である。社会的には進歩主義を擁護し、これらが挫折《ざせつ》すると、しばしば陰鬱な様相を帯びる。初期ロマン主義には、ワーズワース、コールリッジ、バーンズ（Robert Burns, 1759-96）、ブレイク（William Blake, 1757-1827）などの詩人や、ウォルポール（Horace Walpole, 1717-97）、ルイス（Matthew Gregory Lewis, 1775-1818）などのゴシック小説家が属し、恐怖、情念、崇高さなどが、その文学に不可欠の概念であった。後期ロマン主義にはバイロン、シェリー、キーツ（John Keats, 1795-1821）などの詩人や、ラム（Charles Lamb, 1775-1834）、ハズリット（William Hazlitt, 1778-1830）、ド・クインシー（Thomas De Quincey, 1785-1859）などの散文作家、ウォルター・スコット（Walter Scott, 1771-1832）などの歴史小説家が属する。その文学の特色としては、荒涼とした自然の原始的な力や人間と自然の精神的交流に対して鋭い直観を示し、旅、幼年時代の回想、報われない愛、追放された主人公などが、しばしばテーマとして取り上げられることなどが挙げられる。

夫シェリーをはじめとするロマン主義作家たちから多大な影響を受けたメアリの作品に、その文学思潮の影響が濃厚に反映していることは、言うまでもない。『フランケンシュタイン』では、題材やテーマそのものが、恐怖や無限なるもの、超自然的なものと密接に関わっている。そこに登場する人物たちは、激しい情念を抑制のない表現で吐露する。旅や幼年時代の回想、愛の挫折、追放なども、『フランケンシュタイン』を彩るモチーフである。

怪物が、ゲーテの『若きウェルテルの悩み』を読んで、主人公の苦悩に共感するというくだりがあるが、これがドイツの代表的なロマン主義文学であることも、付け加えておきたい。

②ゴシック小説　Gothic novel

ロマン主義文学のなかに含まれるゴシック小説は、一八世紀後半から一九世紀初頭を中心に流行し、中世の異国的な城や館を舞台として、超自然的な現象や陰惨な出来事が展開する恐怖小説である。メアリ・シェリーがこのジャンルから大きな影響を受けたことは間違いない。父ゴドウィンの『ケイレブ・ウィリアムズ』〔↓I-13 間テクスト性〕からの影響は言うまでもないが、一八一四年から一八一六年にかけてのメアリの日記を見ると、彼女が『フランケンシュタイン』の創作に先立って、ラドクリフ夫人（Ann Radcliffe, 1764-1823）の『イタリア人』（*The Italian*, 1797）、『ユードルフォの秘密』（*The Mysteries of Udolpho*, 1794）、ルイスの『修道士』（*The Monk*, 1796）、ウィリアム・ベックフォード（William Beckford, 1760-1844）の『ヴァセック』（*Vathek: An Arabian Tale*, 1786）、マチューリン（Charles Robert Maturin, 1782-1824）の小説をはじめ多くのゴシック小説を読んでいたことがわかる。

『フランケンシュタイン』もまた、恐怖を主題とし、不気味な描写や陰惨な出来事など、ゴシック小説風の道具立てをふんだんに用いた小説である。主人公が少年時代に中世の錬金術に魅せられること、スイスやドイツなどの「異国」が舞台の中心になっていることなども、この作品にゴシック的な趣を添えている。また、フランケンシュタインと怪物の運命が次第に絡まり合い互いに同一化してゆくことから、いわゆる「分身」（Doppelgänger）の主題が浮かび上がってくるが、これはゴシック小説にしばしば現われるモチーフである。ゴシック小説の主要テーマとは「逃れようのない不安」（Hindle, p. xxxvii）であり、『フランケンシュタイン』は、死ぬまで互いに追いかけ合う運命から逃れられない敵対者同士の物語であるゆえに、このジャンルに属すると考えられる。

しかし、当時ゴシック小説の権威であったベックフォードは、自分が読んだ『フランケンシュタイン』の本の見返しに、「これはおそらく、いま悪臭を放つ汚物の山から出てきたもののなかでも、もっともおぞましい毒キノコだろう」と記している。『フランケンシュタイン』がゴシック小説であることを否定はしていないものの、彼がこの小説に嫌悪感を示したのはなぜだろうか。内容のおぞましさ、毒々しさという点では、マチューリンやルイスの作品は、『フランケンシュタイン』の比ではない。そもそもゴシック小説の目的とは、とどまることのない恐怖によって、読者の血を凍らせることなのだから。

ベックフォードの反感を掻き立てたのは、『フランケンシュタイン』のなかに純粋なゴシック小説とは言えない何かが含まれていたからではないだろうか。のちにジェイン・オースティンが『ノーサンガー寺院』（*Northanger Abbey*, 1818）で諷刺しているように、ゴシック小説は、真実味に欠けた内容を仰々しい表現で描くという特色がある。メアリ・シェリーのリアリスティックな描写における飾り気のない文体は、従来のゴシック小説とは違う新しい恐怖を引き起こしたのではないかと、モーリス・ヒンドルは指摘している（Hindle, p. xxxvi）。また、伝統的なゴシック小説では、一八世紀のヨーロッパにおける自然崇拝の思想を反映し、超自然的要素が侵されないままであるのに対して、『フランケンシュタイン』では、主人公が科学によって自然の神秘に乱入することが中心テーマになっていることも、相違点として挙げられる。

③リアリズム小説

リアリズム（realism）とは、人生を客観的に描写し、物事をあるがままの真の姿で捉えようとする芸術上の信条である。リアリズムは、イギリス近代小説が誕生するさいの不可欠の要素でもあり、一八世紀のデフォー（Daniel Defoe, 1660-1731）やフィールディングの小説に遡るが、流派としては、ロマン主義の行き過ぎに対する反動として、一九世紀から二〇世紀の初頭にかけて盛んになった。方法としては、非現実的な描写や美化を避け、人生における日常的・即物的側面を写実的に描くという特色がある。

すでに見たとおり、『フランケンシュタイン』はロマン主義的性質の濃厚な作品で、リアリズム小説とは対極に位置しているような印象がある。しかし、この小説もリアリズムとまったく無縁なわけではなく、出来事に蓋然性《がいぜんせい》を与えようとする作者の態度が、さまざまな点で見られる。たとえば、怪物が険しい山を楽々と登ったり超人的な速度で歩いたりするのは、いかにも非現実的なようだが、まずフランケンシュタインが人造人間の完成を早めるために、細かな作業を避け巨大な体型に造ったという前提がある。したがって、怪物がふつうの人間の基準を超えた体力を備えていても、あながち不自然とは言えない。

怪物がなぜ言葉を話せるようになるのかという点についても、作者はもっともらしい理由づけを与えている。テクストには、怪物がまず隣家の人々を観察しながら言語というものの存在を知り、その後彼らが外国人女性に言葉を教えるところを陰から見ながらともに学習したという過程が、ていねいに書かれているのだ。隣家のド・ラセー家はフランス人であるため、怪物が習得した言語はフランス語である。したがって、怪物とフランケンシュタインとのコミュニケーションの媒介は、フランス語だったことになるが、フランケンシュタインの母国スイスがフランス語・ドイツ語などの多言語国家であり、故郷ジュネーヴがフランスとの国境に位置していることからすると、彼がフランス語を話したとしても不自然ではない。

人造人間を造るという非現実的出来事についても、具体的説明は伏せているものの、それが魔術や奇術によってではなく、科学的発見によって実現されたという設定であるゆえに、ことに科学が驚異的進歩を遂げた今日においては、あながち荒唐無稽《こうとうむけい》とは言い切れないものがあり、ある種のリアリティを作品に帯びさせている。『フランケンシュタイン』は、知識の獲得を求めて破滅する人間を描いたいわゆるファウスト伝説を小説化し、神秘や奇跡の世界からふつうの世界へと移し換えた最初の小説のひとつであると、ジョージ・レヴィン

（George Levine）は言う。レヴィンは、フランケンシュタインの破滅が、形而上《けいじじょう》的なものや超自然的なものの介在によってではなく、あくまでも彼自身の性質や人間社会を拒絶した結果から導き出されたものであるとして、この小説をリアリズムの伝統に位置づける。社会から押しつけられた因習的制限を踏み越えようとして罰せられる人物を描いている点で、この作品は一九世紀のリアリズム小説の主要テーマを共有していて、フランケンシュタインは、サッカレー（William Makepeace Thackeray, 1811–63）の『虚栄の市』（*Vanity Fair*, 1847–48）におけるベッキー・シャープや、ディケンズの『大いなる遺産』（*Great Expectations*, 1860–61）のピップ、ジョージ・エリオットの『ミドルマーチ』（*Middlemarch*, 1871–72）のリドゲイトなどに通じる人物と見ることもできるのである（Levine, pp. 208–214）。

　また、この小説では、フランケンシュタインと家族との関係が、重要な要素になっている。フランケンシュタインにとって、エリザベスは恋人であると同時に家族として育てられ、友人クラヴァルや召使いジャスティーヌも、身内のように親密な関係である。フランケンシュタインの野心の追求は、彼らを含めた身近な人々を喪失することと絡み合いながら展開してゆく。そのような観点から見ると、人間を個としてのみならず人間関係において描くというリアリズム小説の特色が、『フランケンシュタイン』にも見出せるのである。

science fiction

④サイエンス・フィクション

サイエンス・フィクションとは、ＳＦという通称で知られているジャンルで、空想上の科学技術の発達に基づく物語をいう。サイエンス・フィクションという定義が確立したのは二〇世紀初頭ころで、フランスのＪ・ヴェルヌ（Jules Verne, 1828–1905）やイギリスのＨ・Ｇ・ウェルズ（Herbert George Wells, 1866–1946）などがその創始者とされている。しかし、このジャンルの起源はもっと古い時代に遡るという考え方もある。紀元前二〇〇〇年ころに古代シュメール人によって書かれたと推定される『ギルガメシュ叙事詩』（*Epic of Gilgamesh*）には、すでにＳＦ的な空想の兆しが見られるとする批評家もいる（Roberts, pp. 47–50）。トマス・モア（Thomas More, 1478–1535）の『ユートピア』（*Utopia*, 1516）、ミルトンの『失楽園』、スウィフト（Jonathan Swift, 1667–1745）の『ガリヴァー旅行記』（*Gulliver's Travels*, 1726）の第三巻をはじめ、ＳＦ的要素を含む作品は数多い。

しかしＳＦ批評家ピーター・ニコルズ（Peter Nicholls）は、ＳＦには「認知的・科学的なものの見方」が不可欠であり、それは一七世紀ころに初めて現われ、社会全般に広まったのは一九世紀である」と指摘する（Clute & Nicholls, pp. 567–578）。このような観点から見ても、『フランケンシュタイン』はしばしば最初の本格的なＳＦとして位置づけられる（Aldiss, p. 3）。科学者によって新しい生物が製造されるという発想自体、メアリ・シェリーが最初に考案した新奇のアイデアだった。製造方法についての具体的な説明はテクストでは省略されているが、第三版に付した序文において作者は、生命を吹き込むさい電気が関与した可能性があることを示唆している。結末において、地球上ではもっとも異質な環境である北極が舞台になっていることも、この作品にSF的な非日常性を与えていると言えるだろう。科学によって創造されたものが、予期せぬ結果を導くというのは、SFのお決まりの筋書きである。ダルコ・スーヴィン（Darko Suvin）が言うように、SFに繰り返し出てくるテーマ、すなわち「進歩と破局は不可分である」という考え方は、まさに『フランケンシュタイン』から始まったのである（Suvin, p. 10）。

3 読者反応批評
reader-response criticism

ニュー・クリティシズムを中心とする形式主義批評では、作品を自立した存在として捉えたが、一九七〇年代ころから出てきた読者反応批評は、この考え方に異議を唱え、作品とは、テクストに活発に関わってくる読者の存在を前提としたものであると再定義した。読者反応批評は、読者によって作品に対する反応の仕方が異なることに着目し、テクストが何を意味しているかではなく、テクストが読者の心にどのように働きかけるかという問題に焦点を置く。作品とは、読者に読まれるときに初めて存在するものであり、「読むこと」とは、読者がページを繰りながら行ごとに情緒的に反応するという時間的プロセスを含んだものであると、読者反応批評家スタンリー・フィッシュ（Stanley E. Fish, 1938– ）は規定する。

読者とは何か

従来、読者とは、作者がテクストに埋め込んだものを受動的に受け取る者として捉えられていた。読者反応批評はこれを再定義し、テクストに活発に関わりテクストとの共同作業によって意味を生産する存在として、「読者」を捉え直した。批評家のなかには、この「共同作業」という考え方をとらず、意味の生産において読者がテクストに優先すると主張する向きもある。たとえばノーマン・ホランド（Norman N. Holland, 1927– ）は、読者の反応とは、個人的な心理的欲求に根差すもので、読者はテクストをとおして自分自身を象徴化し再現するのだという。

しかしいずれにせよ、読者反応批評家は、読者がどんな好き勝手な読み方をしても、それがすべて有効な解釈だと言っているわけではない。彼らが再定義した「読者」とは、だれも彼《か》も含めているわけではなく、ある水準に達した資質の持ち主にかぎられる。「読者」の定義は批評家によって異なるが、文学を読んだ経験がじゅうぶんあり、いわゆる文学の「わかる」人を想定して、フィッシュは「知識のある読者」（informed reader）と名づけ、ドイツのヴォルフガング・イーザー（Wolfgang Iser, 1926– ）は「教養ある読者」（educated reader）と呼んでいる。ウェイン・ブースは、「含意された読者」(implied reader)、つまり作品によって作られた読者の存在を想定し、この役割を演じることによってのみ、読者は作品を真に理解できるものとした。ジェラール・ジュネットやジェラルド・プリンス(Gerald Prince)は、語り手に対応する聞き手として、「語りの受け手」(narratee)という概念を規定したが、これもテクスト内に想定されている理想的な読者を指す。このように、限定的な名称が与えられていることからも、読者の数だけ正しい解釈があるというような考え方が、否定されていることがうかがわれる。

挑発するテクスト

フィッシュは、文学の表現の仕方には、「修辞的な示し方」(rhetorical presentation)と「弁証法的な示し方」(dialectical presentation)の二種類があるとした。前者は、読者がすでに持っている意見を反映し、強化するような方法である。それに対し後者は、読者を刺激し、自分で真実を見つけよと挑みかけるようなやり方をとる。当然、読者反応批評が研究対象として興味を持つのは、第二の「弁証法的な示し方」のほうである。読者を挑発するテクストの働きを解明することは、読者反応批評の中心的な課題でもあるからだ。

たとえば、読者反応批評は、テクストに含まれた空隙《くうげき》(gap)や空白(blank)の部分に着目する。テクストに書かれていないことや省略部分があると、読者は自らそのギャップを埋めることによって説明づけることを迫られる。それゆえイーザーは、読者を刺激し活発な反応を引き出す機能を持つ要素として、空隙や空白の文学的価値を指摘した。読者の読みを刺激するという意味では、断片的なテクストや、結論の曖昧なテクスト、未完作品なども、読者反応批評の興味の対象となる。

読者としての怪物

読者反応批評による具体的なアプローチの仕方には、たとえば、作品中で「読む」という行為が扱われている箇所に着目し、テクストを読む読者の行為との連続性を示そうとする方法がある。『フランケンシュタイン』にも、読むという行為が数多く含まれている。たとえば、フランケンシュタインが少年時代、錬金術師コルネリウス・アグリッパの著書を読んで衝撃を受けたという挿話や、怪物が自分の読書体験について語る部分がある。これは、作中人物がテクスト内のテクストに対して、読者として活発に反応している状況を描き出す。それは『フランケンシュタイン』というテクストを読んでいる読者の立場とも重なり合い、「読む」ということを前景化する作用を及ぼす。

アグリッパの著書を読んだことのある読者はめったにいないとしても、怪物と同じ本を読んだ経験のある読者は多いだろう。怪物が『諸帝国の廃墟』やプルタルコスの『英雄伝』、『若きウェルテルの悩み』、『失楽園』をいかに読みどのように解釈したかを語るとき、読者は同じテクストに対する自分の（あるいは一般読者の）反応と、怪物の反応とを比較することになる。ヴォルネーの『諸帝国の廃墟』（この本は、怪物が文字で読んだものではなく、フェリックスの朗読をとおして聞いたものだが）から、怪物は歴史のあらましを知り、諸国家の風習や政治、宗教などについての知識を得ると同時に、不思議な思いを掻き立てられる。それは、人間とはなぜこれほど強く高邁である一方で、邪悪で下劣なものなのだろうかという疑問だった。ことに人間が同じ仲間である人間を殺すことを知ったとき、怪物は驚き、その流血の描写に激しい嫌悪感を抱く。それは、知識の乏しい無垢な子供のような立場に立ってテクストを読む怪物の新鮮な「反応」を前景化する。

さらに怪物は、この本をとおして人間界のさまざまな事実を知り、自分はいったい何者かという疑問に突き当たる。自分には、人間社会で重んじられている財産も血統もなく、ふつうの人間が持つ親や兄弟、親類、友人といった他の人間との絆も、誕生や成長の記憶さえもない。ホランドは、読者がテクストのなかに見出すのは自らの「存在証明のテーマ」（identity theme）であると言っているが、まさに怪物は、テクストのなかに自分が一体化できるものを探し求めて、その試みに挫折したのだと言えよう。

この試みは、他のテクストを読むときにも続けられる。怪物はゲーテの『若きウェルテルの悩み』を読んで、主人公の失意と憂鬱を知り、彼の自殺になぜとは知らず涙を流す。それは、怪物がウェルテルの心情や自らの命を絶つという行為に、共感できる点があったからだろう。ミルトンの『失楽園』を読んだとき、怪物はさらに揺さぶりをかけられる。怪物は、書かれていることを始終わが身と照らし合わせるような読み方をする。アダムは、他のいかなる生き物とも絆がないという点で自分と共通していることに、怪物は気づく。しかし、両者の境遇を比較するうち、自分の立場がかぎりなく惨めであることを知った怪物は、それがむしろサタンの立場に似ていることに思い至る。怪物はサタンに感情移入して読み、創造主に庇護された人間たちに嫉妬するが、さらには、サタンには仲間の悪魔がいて、だれからも嫌われ孤独な自分とは違うということに気づき、絶望の底に沈む。このように怪物は、自らのアイデンティティを探し求めつつ、主観的に反応しながら読む。それは、テクストよりも読者の個人的な反応を優先する立場に立つホランドたちの主張を裏付けるような読み方の実践例であるとも言えるだろう。

そして怪物は、もう一冊のテクストを読む。それは、フランケンシュタインの四か月間の日記で、そこには怪物が生み出された過程が記録されていた。すでに『失楽園』を読んでいた怪物は、神が人間を創造した過程とそれとを比べ、あまりの違いゆえに衝撃を受け、自分の出生を呪う。つまり、怪物が自分の起源を知ったのは、二つのテクストの比較対照をとおしてだったのである。読むことがいかに読者に強力な作用を及ぼすかを、怪物は身をもって証明しているのだ。

手紙の読み手としての読者

この作品には、手紙を読むという行為も繰り返し出てくる。アルフォンスやエリザベスの手紙が引用されている箇所では、読者は受け手であるフランケンシュタインと同じ立場に立って、その手紙を読むことになる。とくに、この作品全体の枠組みが、ウォルトンからマーガレット・サヴィルに宛てた手紙という形がとられているため、この姉弟の文通を、読者とテクストの関係のメタファーとして捉える批評家も多い。たとえばメアリ・ロウ＝エヴァンズ（Mary Lowe-Evans）は、テクストには「含意された読者」が想定されているとするブースやイーザーの立場をとり、この書簡体形式の作品を読む読者は、サヴィル夫人の役割を果たすことが含意されていると言う。サヴィル夫人が小説の冒頭で初めて出てくる人物の名前であることからも、読者の役割を示すモデルとしての彼女の重要性が示唆されていると、ロウ＝エヴァンズは指摘する。

手紙を読み進めるうちに読者は、ウォルトンの口調から、サヴィル夫人が、愛情深い優しい姉であることを知らされる。したがって読者が要求されているのは、一八世紀のロンドンに住む中産階級の教養ある女性と近似した立場に立って、寛容な理解力ある態度を保ちつつ、ウォルトンの手紙を読むことだということになる。「ねえマーガレット、ぼくは偉大な目的を達成する価値のある人間ではないですか？……あなたはあの励ましの声で、価値があると言ってくれますよね！」（第一の手紙）というような調子に誘導されて、読者はウォルトンに対する共感を要請されるのである。第四の手紙には、フランケンシュタインが登場するが、かねてより親友を欲しがっていたウォルトンは、この悲嘆に沈みつつも高貴な精神を垣間見せる見知らぬ人物に対して、「兄弟のような」愛情を抱く。したがって、フランケンシュタインは、ウォルトンの姉であるサヴィル夫人にとっても身内のように親密な関係だという想定になり、彼女の立場に身を置く読者もまた、フランケンシュタインに対して共感を抱く役割が含意されていることになるのである。ウォルトンはフランケンシュタインに対する自分の熱意について、次のように姉に語りかける。

この神々しいさすらい人にぼくが夢中になっているのを見て、姉さんは笑うでしょうか？姉さんだって彼に会ったら、笑いはしませんよ。あなたは世間から引っ込んで、本を読んで勉強し、教養を磨いてきた人だから、ちょっと潔癖なところがあるのです。でも、だからこそ、姉さんならこの不思議な男の並はずれた長所が、よくわかると思います。（第四の手紙）

ここで、「サヴィル夫人＝含意された読者」は、ウォルトンの熱意を見て笑みを浮かべる寛容さに加えて、じゅうぶんな読書経験と教養、潔癖さ、並はずれた不思議なもののなかに真価を見出す洞察力をも備えていることが、想定される。このようにウォルトンの手紙によって読者の反応が操作されたうえで、フランケンシュタインの語りが始まる。それは、異常な物語を読み進めながら、読者がフランケンシュタインへの共感を保ち続けるための、作者の側の戦略だと言えるだろう。

「読む」ということの怪物性

フレッド・ボッティング（Fred Botting）は、語りの入れ子構造が読者に及ぼす作用について論じている。怪物の物語がフランケンシュタインの物語に内包され、フランケンシュタインの物語がウォルトンの手紙に取り囲まれるという構造になっているため、この作品の語りは、物語の中心部と、不在の手紙の受け取り手がいる外側の余白との間を、読者に移動させる効果がある。しかし、怪物の語りの中心部をなすと思われるド・ラセー家の物語は、この一家と交友関係を結ぶという怪物の計画が失敗したために、突然中断してしまう。フェリックスに棒で打たれて逃げ出した翌日、怪物が気を取り直してふたたび小屋を訪れてみると、一家はすでに引き払ったあとで、フェリックスが家主と立ち話しているのを陰で耳にする。フェリックスは、前日の事件のために、父の命は危険な状態で、妻も妹も恐怖から立ち直れない有様だと告げて、払った家賃も捨てて去ってゆく。衝撃を受けた怪物は、一家の住んでいた家に火を放ち、その周りで踊り狂う。それきりド・ラセー家の人々は消息を絶ち、物語は中心点をなさなくなる。ボッティングの言葉を借りるなら、「物語は中心部で、怪物の怒りによってばらばらに粉砕してしまう」のである。

他方、怪物はフランケンシュタインの語りのなかにすっかり内包されず、フランケンシュタインの死後、ウォルトンに直接出会う。しかも、ウォルトンの手紙は、怪物が暗闇に姿を消したところで突然終わり、完全に閉じられていない観がある［→I-15 結末］。したがって読者は、この不安定な語りの枠組みによって反応を促されつつ、その位置をテクストの範囲内に特定されることはない。こうして読者は、テクストによって課せられた自らの役割を受動的に果たす一方で、そのような押しつけられた構造に抵抗しつつ、自らの読みを生み出そうとする。テクストの境界を逸脱しようとする読者のこの反応は、強力なエネルギーを秘めている。それは、ボッティングの表現を借りるなら、まさに「怪物的な力」を発揮する場合もあろう。

4 脱構築批評

deconstruction

「脱構築批評」は、現代の批評理論のなかでももっとも難解なものだという定評がある。しかし、ある明快な作品解釈に出会ったとき、それに説得される一方で、「本当だろうか？」という疑問の声が生じてくる経験は、だれにでもあるだろう。それとは衝突する別の解釈の可能性があるような気がしてくるのだ。こういうとき、私たちは衝動的にテクストを脱構築しようとしていると言える。脱構築批評とは、テクストが互いに矛盾した読み方を許すものであること、言い換えるなら、テクストとは論理的に統一されたものではなく、不一致や矛盾を含んだものだということを明らかにするための批評である。アメリカの代表的な脱構築批評家Ｊ・ヒリス・ミラーは、「脱構築とは、テクストの構造を分解することではなく、テクストがすでに自らを分解していることを証明することだ」と説明している。つまり、従来の解釈を否定して別の正しい解釈を示すのではなく、テクストが矛盾した解釈を両立させていることを明らかにするのが、脱構築批評の目的なのである。

批評史のうえでは、脱構築は構造主義や形式主義に対する反論として出てきたもので、たんにポスト構造主義（poststructuralism）のひとつとして位置づけられる場合もある。構造主義は、文学を含め人間の文化のあらゆる要素は、記号体系を構成していて、それを支配する統一的な法則があると考えた。たとえばフランスの構造主義人類学者レヴィ＝ストロース（Claude Lévi-Strauss, 1908- ）は、時代や地域の異なる文化から生じた神話のプロットにおいて、共通の要素が含まれることを指摘し、あらゆる神話は集団的な人間の意識によって書かれたひとつの大神話の一部なのだと主張した。しかしポスト構造主義者たちにとっては、すべてのものの意味や形を理解するための絶対的な鍵が存在するというような考え方自体が、納得できないものだった。

また、構造主義と形式主義は、テクストには意味の「中心」があるという考え方を共有するが、ポスト構造主義はこれに対しても異を唱える。特にニュー・クリティシズムを中心とする形式主義では、文学作品は内部で完結した統一体とされ、それを構成している複雑な要素の絡み合いのなかから、中心の意味が見出されるという考え方が土台となる。しかし、テクストが首尾一貫した統一体であることを否定する脱構築批評は、逆にテクストの異種混淆《こんこう》性や意味の決定不可能性を見出そうとするのだ。ただし、文学テクストに焦点を置き、テクストの外にある作家の人生や時代背景などとの関連を解釈に持ち込まない点では、脱構築批評と形式主義批評は方法的に共通する。

deconstruction という造語をつくったのは、フランスの言語哲学者ジャック・デリダ（Jacques Derrida, 1930–2004）で、脱構築批評家たちがデリダの哲学の影響を受けていることは言うまでもない。デリダは、西洋文化においては二項対立的な思考パターンが支配的であることに着目した。たとえば、白／黒、男／女、原因／結果、はじめ／終わり、明／暗、意識／無意識など、対をなす対立概念の例は無数にある。デリダはさらに、それらがたんに対立しているだけではなく、一方が優れていて他方が劣っているとされたり、一方が肯定的に、他方が否定的に捉えられたりする傾向があり、そこに階層が含まれていることを指摘した。デリダは、この「二項対立」（binary opposition）の境界を消滅させることを目指し、対立に含まれている階層に疑問を突きつけることによって、西洋的論理を批判しようとしたのである。したがって脱構築批評では、テクストの二項対立的要素に着目し、その階層の転覆や解体を試みるという方法がしばしばとられる。

二項対立の解体　binary opposition

『フランケンシュタイン』においても、生と死、美と醜、光と闇、善と悪、創造主と被造物など、二項対立的なモチーフや概念が数多く現われる。作品のなかでそれらの境界がいかに消滅し、対立に含まれる階層がいかに転覆しているかを、具体的に見てみよう。

フランケンシュタインは、生命の根源を探るために、まず死に目を向ける。人間の死んだ身体がいかに腐敗し、美しい姿がいかに醜く朽ちてゆくかを観察することによって、彼は生と死を連続的なプロセスとして捉えるのである。そして、生から死へ、死から生への変容の因果関係を探るうち、「闇のまっただなかから突然光がさして」、秘密が解明する。人造人間の製作に取りかかったフランケンシュタインは、次のように述べる。

生と死は、私にとっては観念上の境界にすぎないように思われた。私はその境界を最初に打ち破り、この闇の世界に光を滝のように降らせるのだ。新しい種は、私を創造主、源として称え、幸せな優れた者たちが、この私から生を受ける。いかなる父親も、私ほど完璧《かんぺき》に、自分の子供から感謝を要求する資格はないだろう。（第四章）

このように生と死の二項対立は、境界の曖昧なものとなってゆく。フランケンシュタインは生と死との階層をいったん取り払うことによって、秘密の発見に成功し、死体から生きた人間を造るのである。そして、生命を生み出すというフランケンシュタインの試みは、結果的には、より多くの死をもたらし、幸福よりも不幸を招くことになる。引用部分には、生き生きとした身体と腐敗、光と闇、創造主と被造物、父と子など、二項対立的な要素が数多く含まれ、それらの境界もまた、このあと崩壊してゆくことが暗示されている。

フランケンシュタインが、怪物から感謝を要求する資格のある創造主にならなかったことはたしかだ。彼は生まれて間もない怪物を捨てて逃げ去り、それが醜いゆえにただ忌み嫌う。その理不尽さを、彼は当の怪物から指摘されることになる。

「創造主であるおまえが、被造物のおれを嫌って踏みつけにするのか？　おれとおまえは、どちらかが滅びぬかぎり断ち切ることのできない絆によって結ばれているのに。おれを殺そうというのだな。どうしてそんなに命をもてあそぶことができるのだ？　おれに対する義務を果たすがよい。そうしたらおれも、おまえやほかの人間たちに対して、義務を果たしてやるから」（第一〇章）

ここでフランケンシュタインは、いわば自分の子から、親子の関係と親としての義務について説いて聞かされているような状況にあり、創造主としての威信は微塵《みじん》もない。「どうしてそんなに命をもてあそぶのか」という怪物の訴えには、生命の探求を偉業と考えていたフランケンシュタインへの皮肉と蔑《さげす》みさえ含まれている。こうして、創造主と被造物の二項間の優劣の階層は、次第に変質してゆくのである。

フランケンシュタインが怪物の女の伴侶を壊したとき、怪物は、約束を破棄したフランケンシュタインに対して、次のように言う。

「奴隷め、道理を説いて聞かせたのに、おまえはこちらがへりくだってやるだけの価値もないやつだとわかった。おれには力があるということを忘れるなよ。おまえは自分が不幸だというつもりかもしれないが、まだまだ、昼の光さえ厭《いと》わしくなるほど悲惨な目にあわせてやること

もできるのだぞ。おまえはおれの創り主だが、おれはおまえの主人だ——従え!」(第二〇章)

ここでは、創造主と被造物の関係における優劣や主従の階層が逆転している。このあとも怪物は、復讐のためにフランケンシュタインを追い続けるが、エリザベスが殺されたあとは、代わってフランケンシュタインが怪物を追跡することになり、追う者と追われる者の関係が逆転する。フランケンシュタインは、怪物がこれ以上災いを起こさぬように、自らの手でその息の根を止めようとして、それを果たせぬまま死んでゆく。そのあと怪物は、フランケンシュタインの死を悲しんで自ら命を絶つが、それはフランケンシュタインにとってはまったく予想外の成り行きだった。このように怪物の意思は、つねにフランケンシュタインの思惑を超えている。「フランケンシュタイン/怪物」の関係は、作品の随所で「神/アダム」の関係と重ね合わされているが、後者の関係におけるような明白な境界や階層は、フランケンシュタインと怪物の間では徐々に曖昧になり、最後にはほぼ消滅していると言ってよい。

この作品では、善と悪、潔白と有罪などの二項対立も、曖昧である。フランケンシュタインは、人類の利益に寄与したいという善意から、生命の秘密を探求したのだが、それは、殺人者を世に放つという災厄の元凶になる。また、そのために無実の罪を着せられたジャスティーヌを見殺しにすることによって、フランケンシュタインはいっそう罪を深める。潔白のジャスティーヌは、懺悔聴罪司祭にしつこく脅されて、嘘の自白をする。司祭に責め苛《さいな》まれて、ジャスティーヌはしまいには「自分が怪物であるような気がしてきた」と言うが、怪物が犯人であるという真相を無意識のうちに言い当てたその言葉は、彼女の無垢さをいっそう際立たせ、法制度の矛盾を照らし出す。ここでは、罪人の魂を救済するべき司祭が、潔白な人間を罪人に仕立てたうえに、嘘をつくという罪を犯させていて、真実と虚偽、潔白と有罪、救済と呵責《かしやく》などの二項対立が空洞化している。ジャスティーヌの潔白を信じるエリザベスがフランケンシュタインに述べる次の言葉は、それらの境界の曖昧さを言い表わしている。

「偽りがこんなにも真実らしく見えてしまうのなら、自分の幸福が確実なものだと言える人がいるかしら？　私はまるで崖《がけ》っぷちを歩いていて、いまにも何千という人たちが押し寄せてきて、奈落《ならく》の底に突き落とされるような気がするわ」（第九章）

エリザベスの前途には、実際、怪物に殺されるという「奈落」が待ち受けている。フランケンシュタインの妻になった直後、まさに幸福のさなかにあるときに、彼女は恐ろしい最期を迎えることになるのだ。

この作品では、光と闇のコントラストも強調されているが、その境界は曖昧である。フランケンシュタインは、人類を闇から救うために光明を希求したにもかかわらず、光の届かぬ「永遠の地獄」につながれる身となる。ウォルトンも冒頭で、太陽が沈むことのない「永遠の光の国」を求めて北極探検の旅に向かうが、夢を果たさぬまま帰国することになり、結末では怪物が姿を消した氷海の闇を見つめている。しかし、闇の描写の合間には、しばしば輝かしい光の描写が織り込まれる。フランケンシュタインが人造人間の製作に没頭していたさなかにも、外では自然の風景がこのうえもなく美しかったと書かれている。怪物を造ったのちも、フランケンシュタインはただ暗闇の世界しか知らなかったわけではない。クラヴァルとの逍遥《しょうよう》旅行でうららかな自然に触れて慰められたこと、ウィリアムの死後帰郷の道中にモン・ブランの輝く峰々を見て感動したこと、新婚旅行の船旅で輝く空や山や川を眺めながらエリザベスとともにひと時を過ごしたことなどが描きこまれ、光と闇はさながら交互に縒《よ》り合わされた糸のように交錯する。

このように『フランケンシュタイン』は、二項対立的な要素をふんだんに盛り込んだきわめて西洋的な作品であるにもかかわらず、そのほとんどの境界が消滅してゆくさまを描いている。そのような意味では、西洋的イデオロギーを脱構築した作品とも読めるのだ。

決定不可能性　undecidability

脱構築批評の主眼は、作品には中心的な意味がないということを証明することにある。そのため、テクストをめぐる異なった解釈が互いに矛盾し合い、どちらが正しいか決定不可能であることを示すという方法がとられる。このあと本書で紹介する批評理論をざっと見渡しただけでも、解釈が衝突する例は、数多く挙げることができるだろう。

たとえば、怪物をフランケンシュタインの自我の一部と見る解釈と、怪物を疎外された他者と見る解釈とは、互いに衝突し相容れない。フロイトやラカンの流れを汲む精神分析批評は前者の立場に立つが、その解釈によれば、怪物はフランケンシュタインの悪しき「分身」である。だから、フランケンシュタインの周りの人々が殺されるのは、フランケンシュタインのおぞましい本能や醜悪さ、汚《けが》れなどを抑圧する者たちを、怪物が彼に代わって破壊しているのだということになる。他方、後者の立場は、怪物をフランケンシュタインと対立する「他者」として捉える。フェミニズム批評では、女性の表象としての怪物が家父長制を破壊し、マルクス主義批評では労働者階級の表象としての怪物が資本主義を、ポストコロニアル批評では植民地の表象としての怪物が帝国主義を、それぞれ転覆させようとする話として読まれる。これらの解釈は、それぞれ『フランケンシュタイン』というテクストから引き出された「意味」であるが、互いに脱構築し合って中心的位置を占めることはない。

もうひとつの具体例として、フランス革命をめぐる相異なる政治的立場が、『フランケンシュタイン』のなかでいかに衝突し、互いに突き崩し合っているかを見てみたい。当時イギリスでは、革命の火がイギリスに広がることを恐れる保守的立場と、革命を擁護する急進的立場とが、激しく対立していた。保守派の中心人物エドマンド・バーク（Edmund Burke, 1729-97）は、『フランス革命についての省察』（一七九〇）において、国家に反逆する群衆を、その忘恩と鎮圧不可能性ゆえに「怪物」と呼び、「軍事力を持った民主制は、一種の政治的怪物で、必ずや自らを生み出したものを貪り食うことになる」（Burke, p. 333）と弾劾した。

それに対して急進派のトマス・ペイン（Thomas Paine, 1737–1809）は、怪物のような群衆を生み出す保守的な制度こそ、薄情な親たる「怪物」であると論駁《ろんばく》した。ペインはことに、フランス憲法が長子相続法を廃止することによって、貴族制という「怪物」にとどめを刺したことを評価したのだった。メアリ・シェリーの両親もまた、急進的立場に立っていた。ゴドウィンは封建的な政治制度、ウルストンクラフトは貴族政治をそれぞれ「怪物」と呼んで批判した（Baldick, pp. 10–29）。このように、『フランケンシュタイン』の創作に先立って、すでにさまざまな政治的著作のなかで「怪物」という表現がしばしば現われていたことは、注目に値するだろう。

このような論争のなかに身を置いていたメアリ・シェリーの作品には、当然その反響がさまざまな形で見られる。たとえば、物語ではフランケンシュタインがインゴルシュタットの大学へ行くという設定になっている。インゴルシュタットは、「啓明結社」（Illuminati）という革命分子による秘密結社が、一七七六年に大学の教会法教授ヴァイスハウプト（Adam Weishaupt, 1748–1830）によって結成された場所である。アベ・バリュエル（L'Abbé Barruel Augustin）の『ジャコバニズムの歴史のための覚書』（*Memoirs, Illustrating the History of Jacobinism*, 1797–98 英訳）によれば、この啓明結社こそ、フランス革命を扇動し、それに続く惨状を引き起こした発端であった。だとすれば、この地で怪物が生まれたということは、何を意味するのか。危険な実験に没頭した結果、フランケンシュタインは、「怪物」という混沌《こんとん》とした悪の力を世に放ってしまった。つまり、これは、急進思想家によって革命が産み落とされる危険に対する、バーク的な恐怖の物語として読めるのである。デイヴィッド・E・ムッセルホワイト（David E. Musselwhite）は、「『フランケンシュタイン』は、社会体制がもっとも恐れ嫌悪するものを怪物として表象した、反ジャコバン的政治パンフレットとして見ることができる」と言っている（Musselwhite, p. 67）。現に、のちに父ゴドウィンの伝記を書いたとき、メアリはフランス革命について、次のように記述している。

いまや巨人が目をさました。休むことなく、しかし決してエネルギーを出し尽くすことのないその精神に、火花がつき、消えることのない炎を燃え立たせたのだ。

メアリはフランス革命を擬人化し、怪物のイメージを重ね合わせている。ここには、革命の巨大なエネルギーに対する恐怖感が、滲み出ている。

しかし、メアリ・シェリーの怪物は言葉を話し、たんに創造者に対して反逆するのみならず、理解と人間的な思いやりをも要求する。「不幸がおれを悪魔にした」（第一〇章）という怪物の主張は、群衆を生み出した社会制度を批判する急進派の論調と似ている。反逆する怪物の立場と照らし合わせてみると、フランケンシュタインは急進的な危険分子というよりも、むしろ保守的な制度側に立っているように見えてくる。

フランケンシュタインがイギリス旅行中、オックスフォードに立ち寄ったさいの記述にも、曖昧さが含まれる。彼は、かつてこの地でチャールズ一世が、議会派を打倒するために兵を集めたという歴史的事件に触れる。「国中が王の大義と断絶し、議会と自由の旗印のもとに結集したあとも、この町だけは彼に忠誠を尽くしたのだった」（第一九章）と懐かしみ、チャールズ一世を「不運な王」と呼ぶフランケンシュタインの口調は、この独裁的な絶対君主に対して同情的である。しかしまた彼は、議会派の主導者であった「あの名高いハムデンの墓」や、「その愛国者が倒れた戦場」を訪れて、「自由と自己犠牲の気高い理念に思いを馳《は》せ、卑しい惨めな恐怖から、しばし魂が引き上げられる」ように感じたとも言う。このような、清教徒革命に関するフランケンシュタインの態度を見るかぎり、彼の政治的な立場は保守的とも急進的とも判断できない。

このように『フランケンシュタイン』では、保守的立場と急進的立場が「もつれ合い」、互いを「パロディ化」していると、ボッティングは指摘している（Botting, p. 442）。つまり、このテクストは、両者の読み方の衝突を解決するのではなく、対立を深めることによって、ただひとつの「中心的意味」の存在を否定していると言えるのである。

5 精神分析批評
psychoanalytic criticism

①フロイト的解釈

フロイト（Sigmund Freud, 1856–1939）の用語によれば、自我のなかの意識的な部分を「エゴ」（ego）といい、無意識の領域を「イド」（id）と呼ぶ。エゴは、合理的・論理的な思考を司《つかさど》る部分であり、さらにエゴの投影部分として道徳的判断を行うのが「スーパーエゴ」（superego）である。エゴやスーパーエゴがよしとしない考えや行動は、抑圧されてイドのなかに押し込められる。つまり無意識とは、その大部分が、意識によって追い払われたものから成り立つ貯蔵庫であると言える。抑圧された考えや本能、欲望などは、決して消えるわけではなく無意識のなかにとどめられているので、別の装いを帯びて表面化してくる。それは、夢やふと口から滑った言葉、神経症的行動、そして芸術作品の創造行為などの形をとって現われることになるのだ。

このような見方は、フロイトによって明確な用語を与えられ理論化される以前から、漠然と考えられてきたことであり、現に古来の多くの文学作品には、フロイト的なテーマが見え隠れしている。フロイトの特色とすべき点は、無意識のなかに押し込められた要因として、幼児期の性的欲望、つまり同性の親に取って代わり異性の親を独占したいという願望や、それにまつわる恐怖を特に重視し、これを強調したことである。そのさいフロイトは男児の場合を想定していて、父に取って代わり母の愛を独占したいという男児の欲望を、「エディプス・コンプレックス」（Oedipus complex）と名づけ、これがさまざまな形で現われてくると主張したのである。

フロイトの影響は絶大であり、彼の理論を文学作品の解釈に応用しようとする動きが、二〇世紀初頭以降、続々と現われた。フロイト自身も文学作品への関心が深く、「詩人と白昼夢の関連」（"The Relation of a Poet to Daydreaming," 1908）や「不気味なもの」（"The Uncanny," 1919）などの文学論文を書いていて、最初の精神分析批評家というべき役割を果たしている。エディプス・コンプレックスという名称はそもそも、ギリシア悲劇の主人公で父を殺し母と結婚したオイディプス王にちなんで名づけられたものである。この概念が適用された分析対象としては、たとえばシェークスピアの『ハムレット』が挙げられる。フロイトの弟子アーネスト・ジョーンズ（Ernest Jones, 1879-1958）は、ハムレットを、母親に対する欲望の虜《とりこ》となった人物として解釈している。

『フランケンシュタイン』においても、同様にフロイト的な解釈が可能である。たとえばモートン・カプラン（Morton Kaplan）は、ヴィクター・フランケンシュタインのなかに典型的なエディプス・コンプレックスを見出し、怪物をヴィクターのエゴによって抑圧されたイドとして位置づける。つまり、母に対するヴィクターの抑圧された欲望や憎悪を、姿や行動として表わしたものが、怪物だというわけだ。ヴィクターの弟ウィリアムが身につけていた母のミニチュアを見て、怪物はその女性的美しさに魅せられ、そのあと見かけたジャスティーヌに逆恨みし、彼女のポケットに証拠の品を残して、ウィリアム殺害の罪をなすりつける。この出来事は、カプランによれば、誘惑的な母に対するヴィクターの不合理な怒りを、怪物が彼になりかわって行動に表わしたものであるというふうに解釈されるのである。

フロイト的批評では、作品や登場人物よりも、むしろ作者自身に関心が向けられる場合がある。子供時代、親からじゅうぶんな愛情を与えられなかったために自立に失敗した者は、特有の想像力の世界を創り出し、それに浸ることによって欲求を充足させ、親を忘れようとするという。フロイトはこの想像の世界に注目し、「神経症患者のファミリー・ロマンス」(neurotic family romance)と名づけた。ハロルド・ブルーム(Harold Bloom, 1930–)は、このファミリー・ロマンスの概念を文学者の親子関係に適用して、「詩人を親に持つ詩人はみな、自分の親の力に怯え、その怯えから〈影響の不安〉(anxiety of influence)と呼ばれる創作上の不安が生まれてくる」と論じた。第二世代の詩人は、親の作品を模倣しつつも、それを歪めて読むこと——ブルームはこれを「創造的誤読」と呼ぶ——によって、自分が親のおかげで創作しているという負い目を払拭《ふっしょく》するというのだ。

メアリ・シェリーの場合、父は厳しく、母は彼女を産んで間もなく亡くなり、そのあと継母に疎まれながら育ったという生い立ちからして、神経症を患っていたことがじゅうぶん想定できる。そのうえ彼女の実父母はふつうの親ではなく、名高い文学者だった。したがって、彼女が創作にあたって、大いなる「影響の不安」を経験したことは間違いない。そういうわけで、『フランケンシュタイン』をメアリ・シェリーのファミリー・ロマンスとして読むことも可能であろう。女権拡張論者であった母ウルストンクラフトは、『女性の権利の擁護』（*A Vindication of the Rights of Woman*, 1792）において、女性には自らの意志を決定する権利があることを強く主張し、父ゴドウィンは『政治的正義の研究』のなかで、自由主義の立場から結婚制度に反対を唱えていた。彼らの娘メアリと、ゴドウィンを心の父として信奉するパーシー・シェリーは、親の理論を過激な形で実践し、駆け落ちして同棲生活を始めたのだった。

メアリ・ウルストンクラフト

しかしその結果、メアリは父の激怒を買って勘当され、父の名にちなんで名づけた最初の息子ウィリアムを孫として認めてもらうことさえできず、上流社会から閉め出された。そのうえ幼い子供との死別に次々と遭遇したメアリは、自分の怪物性を痛感したにちがいない。それゆえ、親から革新的な思想を受け継ぐと、子は親に捨てられ、怪物として社会から排除されるというファミリー・ロマンスが、『フランケンシュタイン』に反映していると見ることができるだろう。また、エリザベス・ブロンフェン（Elisabeth Bronfen）は、メアリの作品に現われる両親の著作の影響を跡づけ、メアリがいかにそれらを歪め作り直しているかを検証する。たとえば、ゴドウィンの小説『サン・レオン』（*St Leon*, 1831）――これは『フランケンシュタイン』の初版より後に書かれた作品であるが――では、主人公サン・レオンは禁じられた知識を得るために家族を捨て、永遠の孤独に閉ざされてしまう。しかし、サン・レオンが道を踏み外したことを悔恨しつつも探求自体にはやましさを感じていないのに対して、メアリは人間に許された限界を超えた主人公フランケンシュタインを、徹底的に救いのない人物として描く。

また、ウルストンクラフトの小説『マライア、あるいは女性虐待』は、母を亡くし継母に虐待され、だれからも愛情を得られなかったゆえに、あらゆる罪を犯した女の物語である。そこには、邪悪さは生まれつきのものではなく、社会から疎外された結果生じてくるものだという考え方が示されている。メアリはこれをもとにして怪物の物語を組み立てているが、母の小説とは違って、そこではいったん社会から疎外された者はいかなることがあっても迎え入れられることはなく、共感を求めてもつねに拒絶される。このようにメアリは、両親の作品をより厳しい容赦のない物語へと書き換えたのである。それは、メアリが心の奥に巣くう両親に対する不安や願望から自らを解放するために書かねばならなかったファミリー・ロマンスだったと言えよう。

フロイト的批評では、作者の創作過程が分析対象とされる場合もある。第三版の序文でメアリは、自分の作品を「醜いわが子」と呼び、これを世に送り出す意思を表示している。ここには、フランケンシュタインの怪物創造とメアリの創作との間に、なんらかの類似関係があることが暗示されている。『フランケンシュタイン』の着想のきっかけは、シェリーやバイロンとともにスイスに滞在中、雨に降りこめられて家に閉じこもり怪談の本を読むうちに、自作の物語を書くことになったからだと、メアリは説明する。同様に、フランケンシュタインも休暇中、雨降りの日に宿で足止めとなり、そこでたまたまアグリッパの本を見つけたことがきっかけで、生命の神秘を探究したいという情熱に火がついたのだった。

また、フランケンシュタインが生命の秘密を発見した瞬間と、メアリが物語のテーマを発見した瞬間の状況も似ている。その瞬間について、フランケンシュタインは「闇のまっただなかから突然一条の光が私にひらめいた」と語り、メアリは「光のようにすばやく喜ばしい思いつきが、私にひらめいた」と述べる。どちらも材料を寄せ集めたところへ突然のインスピレーションがひらめいて、命を帯びたのだった。聖書における天地創造のように「初めに言葉ありき」ではなく、メアリの創作は、まず白昼夢的なヴィジョンから始まったのである。フランケンシュタインは、完成した人造人間が美しいものになると頭のなかで計算していたが、それに生命を吹き込んだ瞬間、初めて真の怪物のイメージに遭遇したのだった。このように、作者と主人公の創造行為は、夢や神経症的行動と同様、抑圧された無意識が形をとって現われたものであることを暗示している点で、共通していると言えるだろう。つまりバーバラ・ジョンソン（Barbara Johnson）が言うように、『フランケンシュタイン』は「『フランケンシュタイン』という作品を書く経験についての物語」としても読めるのである（Johnson, pp. 247-248）。

②ユング的解釈

フロイトは人間の無意識と性との関係を強調したが、彼の弟子でスイスの精神医学者ユング（Carl G. Jung, 1875-1961）はそれに異を唱え、人間の無意識には、生まれながらにして民族や人類全体の記憶が保有されていると指摘し、それを「集団的無意識」（collective unconscious）と呼んだ。ユングによれば、優れた文学作品とは、フロイト派の言うように個人の抑圧された欲望の現われではなく、文明によって抑圧された人類全体の欲望を明らかにしたものなのである。ユングはまた、集団的無意識によって受け継がれてきた原初の心象や状況、テーマなどを「原型」（archetype）と呼び、それは夢や神話、文学などのなかに繰り返し現われるものであると考えた。ユングは『原型と集団的無意識』（一九五九）において、さまざまな原型のパターンについて論じているが、なかでも影（shadow）・ペルソナ（persona）・アニマ（anima）・アニムス（animus）などの原型は、人間が遺伝によって継承した精神の構成要素として位置づけられ、ユングの業績の中核をなす概念である（Guerin, pp. 180-182）。

「影」とは、人間の無意識の暗い部分で、私たちが抑圧したいと思う人格の劣った側面をいう。「ペルソナ」とは、人間が社会に対して演じて見せる仮面、つまり私たちの社会的人格であり、時として真の自我とはまったく異なった様相を帯びる。「アニマ／アニムス」は、精神を躍動させるエネルギー源で、魂ともいうべきものである。ユングによれば、人間の心は両性的なもので、この原型は内なる異性という形をとる。つまり、男性の心理に潜む女性的精神を「アニマ」、女性の心理に潜む男性的精神を「アニムス」という。そして、私たちはこの原型が投影された異性に魅了される傾向があるとされる。

これらの原型と『フランケンシュタイン』との関連を見てみよう。フランケンシュタインのペルソナは、理想的な家庭に育った良家のよき総領息子という仮面である。彼の父は、老年になって職を退き隠居したあと、若い妻を迎えた。フランケンシュタインは、不和も争いもない活力に欠けた清らかな家庭で、両親の「玩具《がんぐ》、偶像……天から授かった無垢で無力の生き物」として生まれ、「忍耐と自愛と自制を教え込まれ、絹の糸に導かれて」（第一章）育つ。無菌状態ともいうべきこうした環境のなかで、フランケンシュタインは精神性や頭脳に偏った人間になる。フランケンシュタインがやむにやまれぬ衝動に駆られて造り出した怪物は、彼の抑制された本能や汚れを押し込んだ存在、つまり彼の「影」であった。しかしフランケンシュタインは、自分の影から逃げ出し、それを自己の一部として意識に統合することができない。放置された影なる怪物は、フランケンシュタインを抑圧するもの、すなわち彼を取り巻く清らかな純粋な者たちを、次々と血祭りにあげてゆく。

しかしフランケンシュタインは、自己のアニマたるエリザベスと結婚することによって、人格の統一を達成できるはずだった。エリザベスは、フランケンシュタインの激情を和らげる静穏な精神を備えていて、「ふたりの魂の結びつきは調和そのもの」(第二章)だったのだから。しかし、幼いころから兄妹として育ったエリザベスに対して、フランケンシュタインはプラトニックな情愛しか抱くことができない。両親が妻と定めた彼女と、フランケンシュタインはいまや夫婦関係を結ぶことによって、精神と肉体の調和を図らなければならず、追いつめられる。したがって、彼の障害を取り除くべく、婚礼の日の初夜に影なる怪物がエリザベスを殺しにやって来るのは必定となる。こうして自己のアニマを失ったフランケンシュタインは、影との対決を決断するに至る。怪物を滅ぼすために追跡の旅に出たフランケンシュタインは、昼間の現実と夜に見る夢を取り違えるという倒錯現象を呈するまでに、人格統合の破綻《はたん》を示す。そしてフランケンシュタインが死ぬと、ペルソナの消滅とともに、残された影も消えてゆくのである。

③神話批評　mythic criticism

文化人類学者J・G・フレイザー(James George Frazer, 1854–1941)は、宗教の起源を祭式、神話に求めて比較研究し、時代・空間による隔たりを超えて共通する人間精神の類似性というものが存在することを指摘した。ユングの深層心理学における原型という考え方に加え、このフレイザーの文化人類学の影響から生まれてきたのが、「原型批評」（archetypal criticism）である。これは、個人や歴史を超えた人間経験の原型を、文学作品のなかに探し当て分析しようとする批評であり、「神話批評」とも呼ばれる。

神話や文学に繰り返し現われるモチーフには、たとえば創造、不滅、英雄、探求、楽園追放、闘争、追跡、復讐など、さまざまな原型がある。『フランケンシュタイン』からも、このような原型的モチーフが数多く抽出できる。たとえば、「英雄（救済者、救助者）が、困難な任務を果たすために長い旅に出て、怪物と戦い、解けない謎を解き、越えがたい障害を越えて王国を救って、王女と結婚する」（Guerin, p. 162）という英雄物語の原型と比較してみよう。「ヴィクター＝勝利者」と名づけられた主人公は、人類を救済する英雄たるべく、不滅の生命を探求する旅に出る。彼は生命の謎という「解けない謎」を解くが、自ら造り出した怪物との闘争に敗北し、試練を乗り越えることができない。英雄としての通過儀礼に失敗した彼は、怪物の種という新たな災いを世界にもたらし、彼と結婚した王女エリザベスは死ぬ。また、英雄が犠牲的な死によって国を疫病から救うという原型的モチーフ（Guerin, p. 162）があるが、『フランケンシュタイン』の場合は、英雄の死は何の益ももたらさず、彼の死後、災厄の原因たる怪物自身がスケープゴートとなって自らの命を絶つことにより、疫病を食い止めるのである。このように『フランケンシュタイン』は、英雄の原型をパロディ化した物語として読むことができるだろう。

そもそも「現代のプロメテウス」という副題が付けられていることからも、この小説が神話的性質を濃厚に含んだ作品であることは明らかだ。ギリシア神話のプロメテウスは、オリュンポスから火を盗んで人類に与えた「英雄」の原型であると同時に、神に背いた罪により、コーカサス山に鎖でつながれ永遠に大鷲《おおわし》に肝臓を突つかれ続けるという劫罰《ごうばつ》を受け、「反逆者」の原型でもある。ローマ詩人オウィディウス（Publius Ovidius Naso, 43 B.C.–A.D. 18）による改変版『転身物語』（*Metamorphoses*）では、プロメテウスは、粘土をこねて最初の人間を創り出したとされ、「創造者」の原型としての性質を帯びている。フランケンシュタインが、文字通り人間を創造するという行為を試みたこと、それによって人類全体に恩恵を与えるという英雄的野望を抱いたこと、その不遜《ふそん》な試みゆえに地獄のような苦しみに苛まれたことなど、この小説にはプロメテウス神話の原型が、何重にも見出されるのである。

④ラカン的解釈

フランスの精神分析学者ジャック・ラカン（Jacques Lacan, 1901–81）は、フロイトの理論を発展させ、それに「言語」という新たな要素を付け加え、これに焦点を置いた。たとえば彼は、無意識を言語として扱い、夢を言説の形として捉えた。

ラカンは、幼児の発達段階を言語との関係において区分する。母との境界が識別されていない「前エディプス・コンプレックス段階」（pre-oedipal stage）とは、幼児が言語という伝達手段を持たない時期である。次に、幼児は「鏡像段階」(mirror stage) に入ってゆく。これもまだ、言語以前の段階だが、この時期に、幼児は鏡に映った自分の姿が見分けられるようになり、それによって自我の統一的イメージを持ち、これと同一化して自己形成しようとする一方で、イメージと自分自身との間の埋めがたいギャップを感じ、疎外感を経験する。また、母親と自分、さらにその他の人々が、別々の存在であることを認識するようになる。これに引き続き、幼児は「エディプス・コンプレックス段階」(oedipal stage) へと推移してゆく。この時期に、幼児は男女の区別がつくようになる。男児の場合は、自分が父と同性で、母とは異性であることを認識し、自分ひとりのものだと思っていた母が、父のものでもあることを知り、父に対してライバル意識を持つようになる。この時期は、幼児が言語の世界に入ってゆく時期とほぼ重なり合う。こうして男児は、母を失った疎外感を、代用としての言語によって埋める。もともと言語とは、物それ自体ではなく、物を代用によって示す記号体系であるため、エディプス・コンプレックスを経験した男児は、女児よりも速やかに言語の世界に入ってゆくというのが、ラカンの考え方である。いかにも性差別的なラカンの理論は、のちにフェミニズム批評家たちを刺激することになり、言語と性の関係に関する考察を推し進めるきっかけにもなった。

さて、このようなラカンの理論を『フランケンシュタイン』に応用するとすれば、どのような解釈が可能だろうか。デイヴィッド・コリングズ (David Collings) は、フランケンシュタインの物語を、エディプス・コンプレックスを順調に乗り越えることのできなかった男の話として読む。フランケンシュタインは少年のころから、記号体系に組み込まれる学問、たとえば言語学や政治などにはまったく興味を示さず、世界の物理的な秘密を探ることにもっぱら関心を持ち、魔術的な錬金術にのめりこんでゆく。母が死んだ直後、その喪失感を解決できないまま大学に進学したフランケンシュタインは、母と一体化する方法を学問研究のなかに求め、出産の実験に取り組むのである。どうしても母を断念できないフランケンシュタインは、母と似た女性エリザベスをその代用とすることもできず、この許嫁《いいなずけ》との結婚を回避し続ける。

フランケンシュタインが怪物を造った直後に見た夢は、精神分析的観点から見ると、非常に興味深い。夢のなかでフランケンシュタインは、インゴルシュタットに訪ねてきたエリザベスに会い、彼女を抱きしめるが、それは蛆虫《うじむし》の這《は》う母の死体に変わる。悪夢から目覚めると、怪物がじっとフランケンシュタインを見ている。これは母の代用としてのエリザベスと、母の肉体、そして怪物とが、フランケンシュタインにとって密接につながっていることを暗示する。

このあとも、月光に照らされた窓から怪物がフランケンシュタインを見ているという場面が、繰り返し描かれる。光る窓は「鏡」を表わし、そこから見つめている怪物は、フランケンシュタイン自身の「鏡像」であると、コリングズは解釈する。怪物は、さながら鏡像段階の幼児のように、にっこり笑いながら口をもぐもぐさせて不明瞭な音声を発している。鏡に映った自分の姿を見ることとは、幼児にとって、自分の統一的イメージを獲得する喜ばしい経験でもあるが、フランケンシュタインがそのとき見た鏡像は、バラバラの肉体の寄せ集めとしての自分の姿であった。つまり、エディプス・コンプレックスの克服を拒んで、あくまでも母の肉体の回復を追求し続けたフランケンシュタインは、一般の成長過程を逆行してゆくのであるが、鏡像段階に至っても自我の統一に失敗し、ふたたび根源的喪失感を経験するというジレンマに陥るのである。

自我の統一の問題は、フランケンシュタインだけではなく、怪物の側からも追求されている。すでに人間の姿を見て知っていた怪物は、初めて水たまりに映った自分の姿を見たとき、あまりの醜悪さに衝撃を受け、自分のイメージと自分とを同一化することができない。しかし怪物は、家族や社会との関係や言語を獲得することによって、記号体系の世界に入ってゆくことを望み、そこから排斥されることに対して、苦悩するのである。つまり、フランケンシュタインと怪物は、自分の欠落を補うべく、逆方向の道筋を辿ろうとしたのだった。

6 フェミニズム批評
feminist criticism

フェミニズム批評は、一九七〇年代以降、性差別を暴く批評として登場した。しかし、その立場や目的によって、批評方法は多岐にわたる。たとえば、男性作家が書いた作品を女性の視点から見直し、男性による女性の抑圧がいかに反映されているか、あるいは、家父長制的なイデオロギーが作品をとおしていかに形成されているかを、明らかにするという方法もある。

これに対して、女性の書いた作品を研究対象とする立場が、「ガイノクリティックス」(gynocritics)である。文学伝統は男性中心に形成されてきたものであるため、男性文化によって無視されてきた女性作家の作品を発掘したり、女性が書いた作品を再評価しようとしたりするのが、この批評の目的である。

また、幼児が言語の世界に入ってゆく仕組みを、男児のエディプス・コンプレックスとの関連から論じたラカンに刺激されて、彼の理論で軽視されている「女性と言語との関係」を探究しようとする立場もある。ことに一九七〇～八〇年代フランスのフェミニズム批評では、言語の問題に焦点を当てる傾向が目立ち、女性作家の作品がいかに女性特有の言語で書かれているかについて検討が進められている。

女性として書くこと

『フランケンシュタイン』は、作者が女性であるという点で、まさにガイノクリティックスの格好の対象となる。まず着目すべきことは、作者が自分の名を伏せて作品を出版したことである。そこには、メアリ・シェリーの個人的な事情もあったと思われる。妻のある男性との駆け落ちによって、醜聞の的となっていたメアリは、自ら名を伏せたいと望んだのかもしれない。また、両親や夫が有名な文学者であることは、彼女自身の文学的才能を世に問ううえで、必ずしも有利であるとはかぎらなかっただろう。あるいは、彼らの急進的な著作に対して、世間がいかに非難を浴びせたかということを、身近に知っていた経験から、メアリは匿名のほうが気楽だと思ったのかもしれない。

しかし、作者が女であるということも、おそらく匿名の理由のひとつであっただろう。一般に女性の読み書き能力が男性よりも劣るとされていたばかりか、ペンで自己表現することが男の領分に属すると見なされていた時代に、女性の名を名乗って作品を発表することは、軽視されたり批判を招いたりする危険があった。シャーロット、エミリ、アン（Anne Brontë, 1820–49）のブロンテ三姉妹が、最初にカラー（Currer Bell）、エリス（Ellis Bell）、アクトン（Acton Bell）という中性的なペンネームを使って作品を発表したことや、メアリ・アン・エヴァンズ（Mary Ann Evans）がジョージ・エリオットという男名をペンネームとして用いたことと似た事情が、おそらくそこにはあったものと推測される。『フランケンシュタイン』はまさに、ペンを持って書きたいという女の欲求不満と羨望《せんぼう》を、子供を産みたいという男の破滅的な子宮願望に置き換えた物語なのだという見方（Johnson, p. 248）もある。

次に、メアリと夫パーシーとの関係について考えてみたい。第三版の序文でメアリは、小説を書くに至るまでの経緯を語りながら、次のように結婚生活に触れている。

夫ははじめから、私が自分の両親にふさわしい娘であることを証して、名声のページに名を連ねるようにと切望していた。彼は私が文学的名声を得るようにと励まし続け、私もそう願っていたのだが、だんだんどうでもよくなってきた。そのころ夫は、私に書くようにしきりに勧めたが、それは私が何か注目に値するものを書けると思っていたからではなく、その後よいものを書ける見込みが私にどの程度あるかを、自分で判断しようと思っていたのだろう。でも、私は何も書かなかった。旅やら家族の世話やらで、私の時間は塞《ふさ》がっていた。そして、読書という形での勉強と、自分よりはるかに教養ある夫とのやりとりによって知識を高めることが、私の注意を引きつける文学的仕事のすべてとなった。

ここには、妻の才能を引き出そうと励ますよき理解者としてのパーシーの姿が描かれている。彼の亡きあともなお、メアリが夫に対して抱き続けている敬意と感謝の念は、この序文全体から滲み出ている。しかし、それは夫が妻に対して優越した立場に立つ関係であったことも、明らかだ。その優劣関係は、たんに二人の才能や教養の差のみによるものではなく、当時の家庭における男女の立場の相違をも反映していると言えるだろう。女には家事があるため創作に没頭できないという事情にも、メアリはちらりと触れている。

パーシーの励ましによって、メアリは『フランケンシュタイン』を書き上げる。しかし、そのさいパーシーは、妻の作品に対して介入せずにはいられなかった。彼は、作品に「前書き」を書き添えたが、匿名作家の作品に無署名の「前書き」を添えるということは、両者の書き手が同じであるような印象を生み出す。妻の作品の成功を願ってのこととはいえ、その筆調は、あたかもそれが彼自身の作品であるかのような語り口である。原稿が出版社にわたったあとも、メアリ本人ではなく、彼が代わって印刷ゲラを校正した。そのさいパーシーは、メアリの原稿に、かなりの書き換えを加えている。これは、現代なら、著作者に対する不法な越権行為とも取られかねないやり方である。しかし、自由思想家パーシーも、夫が妻の作品に介入することについては、なんら疑問を抱かなかったようだ。そこには、夫が妻に対して無限の優越権を持つという当時のイデオロギーが、濃厚に現われていると言えるだろう。

メアリは夫のこうした介入を受け入れ、従順な妻としての姿勢を一貫して崩さなかった。それは、メアリ自身が当時のイデオロギーに屈し、あるいは染まっていたためともとれるが、たんなる演技にすぎなかったかもしれず、本心はわからない。少なくともメアリは夫の死後、第三版で自分の納得のゆくように修正を加えている。また、そのさい序文で、初版の「前書き」を書いたのは夫であるが、作品の中身に関しては、いっさい夫に負うところはないと断言している。それは、女性作家としての自作品に対する復権宣言ともとれるだろう。

作品で描かれた女性たち

では、作品で女性がいかに描かれているかを見てみよう。この小説では、女は直接語らない。エリザベスの手紙を別とすれば、作品に登場する女性たちの声は、すべて男の語り手たちの声をとおして、間接的にしか読者に届かない。語り手ウォルトンの手紙の受け取り手である姉マーガレット・サヴィルは、ついに一度も登場しない。男の話の聞き手とされ、自身の声を持たないこの女性のイニシャルが、メアリ・シェリーと同じM・Sであることも、意味深長である。語り手をはじめ男の登場人物たちの多くは、故郷を離れ、冒険の旅に出かけたり仕事や勉学に従事したりしているが、女の登場人物たちはほとんど家から離れない。

ここから浮かび上がってくるのは、男は外の公的世界で、女は家庭の私的世界で生きるべしという考え方だ。そこには、男女の領域を二分する一九世紀の中産階級的イデオロギーが濃厚に反映している。コヴェントリー・パトモア（Coventry Kersey Dighton Patmore, 1823-96）の詩『家庭の天使』（*The Angel in the House*, 1854-62）にもうたいあげられているとおり、理想的な女性のあり方とは、厳しい社会の荒波に疲れた男たちを癒《いや》すべく、家庭という清らかな救済の場を守ることであるという通念が、当時の社会には深く浸透していたのである。

フランケンシュタインの母キャロラインやその養女エリザベスは、柔和で愛情に満ち溢れ、まさに家庭の守護天使のごとき女性的属性を帯びている。それゆえ一見したところ、作者メアリ・シェリーは、男女の領域区分に関する同時代のイデオロギーを、容認しているばかりか、これらの女性像をとおして、それを美化し推奨しているようにさえ見える。しかし、このような女性を母や恋人として持ちながら、結局ヴィクター・フランケンシュタインが破滅したということは、何を意味するのだろうか。彼女たちの家庭的な愛情は、フランケンシュタインのような男を、外の世界の誘惑から守ることも、その傷を癒すこともできなかったのではないか。したがって作者は、社会的な問題の解決を私的領域に求めようとする二分論的なイデオロギーの欺瞞を、暴露しているとも言えるだろう。

フランケンシュタイン家の女たちは、みな互いに似ている。キャロライン、エリザベス、ジャスティーヌは、いずれも窮状から救い出されてフランケンシュタイン家に入ったという境遇においても、その女性的属性においても類似している。キャロラインの亡きあと主婦の役割を代わって果たすエリザベスや、女主人を慕ってその言葉遣いや身振りを真似《まね》るジャスティーヌは、ともにキャロラインの複製のような存在とも言える。ジャスティーヌは、フランケンシュタインが造った怪物のために受難の死を遂げ、エリザベスは、フランケンシュタインへの復讐の道具として怪物に殺され、彼女たちは文字通り自らの命を差し出してフランケンシュタイン家に恩返ししたのだ。だからこの作品は、女性が徹底的に抑圧され、再生や代替の可能なものとして扱われる男性優位の世界を描き出していると言える。

この小説のなかに存在するもうひとつの女性的なもの——それは「怪物」であると、フェミニズム批評家たちは主張する。怪物は男によってこの世に産み落とされ、男を破滅させ人類に死をもたらすものとして嫌悪され、居場所を追われ、名前すら与えられない存在である。これは、ミルトンの神話に描かれたイヴの姿にほかならない。メアリ・シェリーは、女性を怪物に重ね合わせつつミルトンの神話を反復し、女性の楽園喪失の物語を描いているのだと、サンドラ・ギルバート（Sandra M. Gilbert, 1936– ）とスーザン・グーバー（Susan Gubar, 1944– ）は指摘している。

母性／産むこと

エレン・モアズ（Ellen Moers）は、『フランケンシュタイン』は、子供を産むことに対する母親の不安を描いた「出産神話」であるという。この作品には、メアリ・シェリー自身が母親であったという伝記的事実が、色濃く反映している。彼女は一六歳でシェリーの子を身籠もり、彼とともに駆け落ちしたが、そのときには彼の妻ハリエット（Harriet Shelley）も妊娠していた。メアリは一八一五年二月、未婚の母として女の未熟児を産むが、数日以内に赤ん坊は死んでしまう。まもなくメアリはふたたび妊娠し、一八一六年一月に息子ウィリアム（William）を出産する。このあとメアリの継母の連れ子クレア・クレアモント（Claire Clairmont）が、バイロンの愛人となって妊娠したため、シェリー夫妻は、スイスに滞在しているバイロンのもとへ、クレアとともに向かうことになった。このような状況のなかで、同年六月に、メアリは『フランケンシュタイン』の執筆を始めることになったのである。

しかし、創作中に次々と不吉な出来事が続いた。メアリの母ウルストンクラフトが未婚でアメリカ人の恋人との間にもうけた娘ファニー・イムレイ（Fanny Imlay）が、自分の出生の秘密を知って、同年一〇月に自殺する。一二月には、ハリエットがシェリー以外の男性の子を身籠もって投身自殺をした。そのあとメアリはシェリーと正式に結婚したが、そのときには三人目の子供を身籠もっていた。一八一七年五月に『フランケンシュタイン』を完成したあと、まもなくメアリは娘クレアラ（Clara）を出産する。しかし、一八一八年一月に『フランケンシュタイン』を出版した数か月後、クレアラは一歳で死に、一八一九年には長男ウィリアムが三歳で死ぬ。同年のうちにメアリは四番目の子パーシー・フローレンス（Percy Florence）を出産し（結局生き残ったのは、この第四子のみである）、一八二二年には流産する。

つまり、最初に妊娠してからそれに引き続く数年の間、メアリはほぼずっと妊娠し続けていて、生まれた子が次々と死んでゆくという経験をしたのだった。『フランケンシュタイン』は、まさに出産と死が入り交じる不安と恐怖のなかで書かれた作品なのである。メアリは、最初の赤ん坊を失ったあと、次のように日記に記している。

私の小さな赤ん坊が生き返った夢を見た。それは冷たくなっていたけれども、私たちが火の前でこすっていると、生き返った。目がさめてみると、赤ん坊はいなかった。私は一日中、小さな赤ん坊のことを考えて、気持ちが沈んでいた。　　（一八一五年三月一九日）

メアリの赤ん坊は、未婚の親に産み落とされ、名も与えられず育てられることもないまま死んだ。その遺体に生気を吹き込むというイメージから、私たちは怪物誕生のひとこまを想起せずにはいられない。メアリ自身の母ウルストンクラフトは産後に死に、彼女は母の死因となった。またメアリの存在によって、彼女と同様母となるはずだったハリエット・シェリーは、破滅へと導かれた。メアリにとって、出産が恐怖と罪悪感を伴うおぞましいトラウマと化していたとしても、不思議ではない。そのおぞましさを、彼女は怪物誕生のドラマとして具現化したのかもしれない。そのように考えると、彼女が序文でこの小説を「醜いわが子」と呼んでいることも、特別な意味合いを帯びてくる。

一八世紀から一九世紀にかけては、名だたる作家で出産を経験した女性は、ほとんどいなかった。メアリ・シェリーやギャスケル夫人（Elizabeth Cleghorn Gaskell, 1810–65）はその例外で、大方の女性作家は、未婚か、あるいは結婚していても子供がいなかった。したがって、出産が文学のテーマとして女性によって描かれることは、まれだったのである。出産は女性にとって、母性の発露による歓喜と充足感に満ちた経験であるばかりではない。それに伴う陰気な側面、とりわけ産後のトラウマを、メアリ・シェリーは女性としての希有《けう》な立場から、リアリズムではなくゴシック的な幻想の題材として描いたのである。そのような観点から見ると、モアズの言葉を借りるなら、『フランケンシュタイン』はかりに偉大な小説ではないとしても、真に独創的な小説と言えるだろう。

7 ジェンダー批評 gender criticism

フェミニズム批評では、男と女は本質的に違うものとして捉えられるが、ジェンダー批評では、性別とは社会や文化によって形成された差異・役割であると見る。フェミニズム批評は、もっぱら女の問題に焦点を当てるが、ジェンダー批評は、両性を連続的なものとして捉える。生物学的・社会的な男女区別の基準から逸脱し、従来周縁に追いやられていた存在も、ジェンダー批評の対象となる。たとえば、男の同性愛者を扱う「ゲイ批評」(gay criticism)や、女の同性愛者を扱う「レズビアン批評」(lesbian criticism)、さらに両批評を拡充し、両性愛者や性転換者なども対象に含めた「クイア理論」(queer theory)などの分派がある。

また、ジェンダー批評では、作品の書き方や読み方なども、男女によって本質的に異なるものではなく、文化的規範によって形成されたものにすぎないと見るため、女が男として書いたり読んだりすることや、逆に男が女として書いたり読んだりすることも、可能であるとされる。したがって、フェミニズム批評によれば、『フランケンシュタイン』は、女性作家にしか書けない小説だということになるが、ジェンダー批評ではそのような断定はなされない。そもそもジェンダー批評は、「女であること」を一括りにするフェミニズム批評の考え方を批判することから出発し、男・女という一般のカテゴリー自体に疑問を突きつける批評であると言える。

①ゲイ批評 gay criticism

『フランケンシュタイン』は、男同士の関係を中心に描いた作品である。語り手ウォルトンも、姉を慕ってはいるが、何よりも欲しいものは友人だと言っている。趣味が一致し、自分を見守り励ましてくれる、共感し合える男友達を持つことに、彼は憧れる。異性との恋愛に関する経験や憧れについては、彼はいっさい語らない。海上でフランケンシュタインに出会ったウォルトンは、たちまちこの新しい友に夢中になり、「その愛は日に日に募る」(第四の手紙)と語っている。

ゲイ批評的観点から見てもっとも注目すべき関係は、ヴィクター・フランケンシュタインとヘンリー・クラヴァルの関係であろう。怪物を造った翌日、熱病に倒れたフランケンシュタインは、そのまま意識を失い、数か月間寝たきりになる。その間ずっとクラヴァルが、ひとりきりでフランケンシュタインに付き添う。彼は大学に出てきたばかりだったのに、自分の勉学を打ち遣《や》って、友の看護に専念したわけだ。そのうえ彼は、フランケンシュタインの郷里の家族に心配をかけまいと、容態を隠しておいたという。「クラヴァルは、私にとって、自分ほど気のきく優しい看護人はいないということを知っていた」（第五章）とフランケンシュタインが述べるとき、なにか二人の関係には特別な親密さが含まれているように響く。回復したフランケンシュタインは、友に向かって叫ぶ。「最愛のクラヴァル、きみはなんて親切で、ぼくによくしてくれるのだ」（第五章）と。フランケンシュタインは、エリザベスのことを「愛《いと》しい愛しいエリザベス」（Dear, dear Elizabeth）と言ったりしているが、彼女にさえ、「最愛の」（Dearest）いう最上級の呼びかけはしていない。

フランケンシュタインは、クラヴァルを大学の教授たちに紹介する義務を果たしたあとも、彼とともに机を並べて文科系の学問を学んだりしながら過ごす。「見知らぬ土地にクラヴァルをひとり残してゆきたくない」（第六章）という理由から、彼はずるずると滞在を引き延ばし、帰郷を延期するのである。

帰郷の日取りが決まる前に、クラヴァルの提案で、二人はインゴルシュタット周辺巡りの徒歩旅行に出かけることになる。クラヴァルとともにたっぷり二週間、心ゆくまで楽しい時を過ごしたフランケンシュタインは、心の重荷からすっかり解放され、歓喜に満ちて叫ぶ。「すばらしい友よ！　きみはなんて心からぼくを愛してくれたのだ！　きみは、なんとかしてぼくの心を、自分と同じ高さまで引き上げようとしてくれたのだね」（第六章）と。このあたりの箇所は少し奇妙である。これまでフランケンシュタインに、故郷の家族にもっと便りを出すようにと勧めていたクラヴァルが、ここで彼を旅行に誘い出すのは、一貫性に欠けると、モーリス・ヒンドルも指摘している（Hindle, pp. 45-46）。まるでクラヴァルは、フランケンシュタインを家族から遠ざけようと「誘惑」しているようだと。

フランケンシュタインが怪物との約束を果たすために、イギリスへ旅するさいにも、エリザベスの気遣いによって、クラヴァルが同行することになる。こうしてふたたびフランケンシュタインとクラヴァルは、二人きりで半年間に及ぶ思い出の旅行をする。友と別れたあと、フランケンシュタインは女の怪物を造る仕事に取りかかるが、完成間際にこれを解体してしまう。これに対して、怪物がどういう復讐の仕方をしたかは、興味深い。怪物が殺したのは、フランケンシュタインと血のつながった父でも弟アーネストでもなく、クラヴァルとエリザベスだった。つまり怪物は、自分の性的伴侶を奪われた苦悩をフランケンシュタインに味わわせるために、フランケンシュタインの同性と異性の伴侶を選んだのではなかったか。

②レズビアン批評　lesbian criticism

この作品では、女性同士の関係は一見希薄に見える。しかし、これをレズビアン的観点から読もうとする試みもある。そのさいもっとも注目される人物は、フランケンシュタイン家の召使いジャスティーヌだ。作品中で、異性との関わりのない女性は、怪物の隣家の娘アガサと、ジャスティーヌの二人だけである。しかも、アガサには夫や恋人はいなくても、父や兄との関わりがあるのに対して、ジャスティーヌは男性との関係においていっさい描かれていない。彼女は母モリッツ夫人に苛《いじ》められ、フランケンシュタイン夫人に救い出されて、同家の召使いとして引き取られる。ジャスティーヌは、エリザベスの言によれば、女主人キャロラインに憧れ、その言葉遣いや物腰をそっくり真似さえしていたという。

そしてジャスティーヌは、ウィリアム殺しの濡れ衣を着せられ、有罪判決を受ける。処刑を前にして彼女がエリザベスと会話を交わす場面は、ことに同性愛的雰囲気が濃厚である。エリザベスはジャスティーヌに、「いっしょに死にたい」、彼女なしには生きてゆけないと言う。ジャスティーヌのほうは、「かわいいお嬢さま、最愛のエリザベス、私の大好きなただひとりのお友だち」と呼びかける。これらの熱烈な言葉は、たんに生死の別れを前にした興奮状態によって発せられたものではなく、そこに同性愛的な情念が含まれていると、レズビアン批評家フラン・マイケル（Frann Michel）は見るのである。

この作品が書かれた当時、女性同士の親密な関係はどのように見られていたのだろうか。母と娘、姉妹、同じ階級の女友達など、似た者同士の場合は、精神的で純粋な関係として許容されていたのに対し、階級や人種など社会的に異なる立場の女性同士の関係は、不純で淫《みだ》らなものとして嫌悪されていた。そのような時代背景において見るとき、自分とは階級の異なるキャロラインやエリザベスに愛着を抱くジャスティーヌは、当時の読者に疑惑を抱かせかねない人物であった。そうすると彼女は、たんなる冤罪の犠牲者としてのみならず、同性愛という不浄の罪ゆえに、死んでも当然の女性だということになる。

現に、作者の夫パーシー・シェリーは、エリザベスが手紙のなかでジャスティーヌについて語っている部分に、次のような書き込みを加えている。

私たちの共和国制度の慣習は、周囲の大きな君主国に比べて、ずっと単純で幸福なものです。だから、ここに住む人々の階級の差は、よそほどはっきりしたものではなく、低い階級の人も、それほど貧しくて蔑まれているというわけではありませんし、態度も品行方正です。ジュネーヴでは召使いといっても、フランスやイギリスの召使いとは、わけが違います。（第六章）

この部分はふつう、自由思想家パーシーによるイギリスの階級制度批判として読まれる。しかし、ジャスティーヌとエリザベスの階級差を緩和することによって、二人の関係が同性愛であるという印象を避けるために、パーシーが妻の原稿に手を加えたという可能性も、否定できないのである。

少なくともパーシーとメアリは、身近にレズビアンの存在を知っていた。それはほかならぬメアリの母ウルストンクラフトであった。ウルストンクラフトには、自分より階級の低いファニー・ブラッド（Fanny Blood）という親しい女の友人がいたが、その関係は同性愛的なものであったと推測されている。ウルストンクラフトの半自伝的な小説『メアリ』（*Mary*, 1788）に描かれている女主人公メアリとその友アンの関係も、かなり同性愛的雰囲気が濃厚である。もちろんこの小説を読んでいたパーシー夫妻は、当時のレズビアン恐怖症に対して、かなり鋭敏になっていたにちがいない。

8 マルクス主義批評
Marxist criticism

マルクス主義批評とは、革命や急進的な社会のヴィジョンを描いた作品のみを対象とする批評ではない。批評の実践者が、マルクス主義的な政治思想の信奉者である必要もない。それはあくまでも、文学作品を分析するための方法であり、いかなる作品でもその批評の対象となりうる。

マルクス主義批評の特色は、文学作品を「物」として扱うことである。文学テクストとは、それ自体の内部からすべての意味が引き出せるような完結した存在ではなく、ある特定の歴史的時点に生じた「産物」であると、マルクス主義批評家は考える。したがって、ある文学テクストが生まれてくるためには、その生産に不可欠の政治的・社会的・経済的条件が絡み合っているはずだ。その諸条件を探究し、それらとの関係において作品の意味を解明しようとするのが、マルクス主義批評の方法なのである。

時代と歴史的状況

そこで、マルクス主義批評的アプローチによって『フランケンシュタイン』を読むならば、まず、この小説が生まれた時代の歴史的状況を確認することから始めなければならない。初版が出た一八一八年は、ナポレオン（Napoléon Bonaparte, 1769-1821）の敗北によってフランス革命が終結した直後のころで、第三版が出た一八三一年は、イギリスで選挙法改正法案が通過する前年である。つまり、この作品が生まれた時代とは、フランス革命の影響によって、イギリスがかつてない政情不安定に陥っていた時期だった。メアリ・シェリーは、革命の雰囲気が漲《みなぎ》るイギリスの危機的状況のなかで生きていたということが、まずポイントになる。

次に、この物語の背景となる歴史的状況を確認してみよう。第I部の「時間」の節ですでに述べたとおり、作品では、冒頭に「一七――年」という日付があること、一世紀半以上前に清教徒革命が起きたという言及があることから、物語が語られている現時点が、一七九二年から一七九九年の間に設定されているとわかる〔↓I-6　時間（時間標識）〕。とすれば、物語が進行するのは、フランス革命の真っ最中だということになる。

にもかかわらず、この作品がフランス革命にまったく触れていないのは、奇妙である。マルクス主義批評家は、このような一大事への言及がテクストから欠落していること自体を重視する。なぜテクストでは、フランス革命ではなく、一五〇年前のイギリスの清教徒革命に触れられているのか。そのくだりを見てみよう。フランケンシュタインが、女の怪物を製作するためにスコットランドに向かう途中、オックスフォードに立ち寄ったさい、次のように述べられているのである。

この町に入ると、一世紀半以上前にここで起きた出来事が思い出され、それで頭がいっぱいになった。チャールズ一世は、ここで兵力を招集したのだ。国中が王の大義と断絶し、議会と自由の旗印のもとに結集したあとも、この町だけは彼に忠誠を尽くしたのだった。あの不運な王とその一党、心優しいフォークランド、傲慢《ごうまん》なゴーリング、王妃と息子がここに住んでいたかと思うと、町の至るところが独特の趣を帯びて、懐かしまれる。（第一九章）

ウォレン・モンターク（Warren Montag）は、この語りが、暴君的な専制君主の典型であるチャールズ一世に対して、同情的な調子を帯びていることに着目する（Montag, p. 385）。それは、メアリ・シェリーが支持していたとされる自由思想とは、相容れない様相を呈しているのである。

怪物とは何か

清教徒革命とフランス革命の共通点は、それらが啓蒙思想を基盤とし、絶対君主制を打ち倒して正義や理性に基づく社会秩序を作り出そうとする試みであり、近代社会の成熟の成果であると言えること、にもかかわらず、結局はさらなる暴虐と無秩序に帰してしまったことである。この現象には、どのようなメカニズムが働いているのだろうか。革命の先導者たちは、旧政体を打倒するために大衆を結集する。しかし、ひとたび決起した群衆は、非理性的な行動に走り出し、その要求は際限なく膨れあがり、すさまじい破壊力と化して新しい秩序を作り出すことを阻む。市民革命が呼び起こした「群衆の力」とは、いったん束縛を解くと制御できなくなる「怪物」にほかならなかった。

フランス革命終結後も続いた混乱状態は、イギリス社会にも深く浸透した。しかもイギリスでは、同時期に産業革命が重なった。新しい技術や機械が突然現われるとともに、失業者が増大し物価が上昇し、人々の生活ががらりと変わり始めたのである。蒸気機関とか自動紡績機といったものは、人間が作ったものではあっても、多くの人々にとっては、どこから出てきたのか素性の不明な、理解を超えたものであり、これまでとは違う世界の到来の前触れのように思われた。産業技術とは、一般市民にとってまさに「怪物」だったのである。

他方、産業革命は、産業労働者という新たな階級を形成した。それは、自らの利害が雇用主階級の利害と対立することを意識する集合体であり、いったん結集して集団行動を起こすと、社会を脅かす破壊的な勢力と化す。一八一〇年代には、労働者の集団が工場を襲撃し機械を打ち壊すラッダイト運動をはじめ、次々と暴動が起こり、国による鎮圧が繰り返された。労働者階級とは、支配者層の目には、自らが作り出した「怪物」のように映ったのである。

マルクス主義批評家にとって、『フランケンシュタイン』がこうした歴史のなかに織り込まれた作品であることは、疑問の余地がない。なぜならば、この小説は「怪物」の誕生を描いた物語であり、この恐怖と哀れみの対象である怪物は、新興労働者階級にぴったり符合するからだと、批評家モレッティ（Franco Moretti）は主張する（Moretti, pp. 83-90)。たしかに両者は、多くの点で似ている。どちらも人工的に造られたものであること。ばらばらの人間の寄せ集めで、自然な有機体としての統一を欠くこと。フランケンシュタインは、科学と技術の進歩を目指して人造人間を造り、資本主義は、技術革新によって労働者階級を生み出すが、いずれも創造者にとっては破壊的な怪物と化すのである。

したがって、メアリ・シェリーはフランス革命や資本主義が怪物を生んだということを、告発しようとしているのだというように読める。しかし彼女は、怪物をたんにおぞましい恐怖の対象として描いているだけではなく、怪物への哀れみを読者から引き出そうともしている。怪物とは、言葉を持たず一方的に見られ恐れられる存在であるという一般的概念を打ち破って、メアリ・シェリーは、自らの苦しみを雄弁に語る怪物を創造する。それによって彼女は、怪物に、自らのために語る言葉を持たない労働者たちの代弁をさせているのだと、モンタークは言う（Montag, p. 388）。作者はおそらく、労働者階級への同情と、ふたたびフランス革命の恐怖が繰り返されることへの不安との間で、揺れ動いていたのであろう。『フランケンシュタイン』は、このジレンマの譬え話として読むことができるのである。

ちなみに、この作品には、暴力的な怒れる群衆が、怪物による譬え話としてではなく、直接描かれている箇所がある。それは、ジャスティーヌが法廷で「何千人もの傍聴人によって凝視され、ののしりの声を浴びせられる」（第八章）場面である。エリザベスが弁護に立ち被告人の潔白を主張すると、ジャスティーヌの極悪非道な忘恩に対して、「群衆の怒りが狂暴さを新たにして」向けられる。裁判の結果、ジャスティーヌは有罪判決を受け、断頭台で処刑される。この敵意を持った群衆の姿は、ジャコバン的な暴徒のイメージと重なり合う。また、一八〇〇年から一八二〇年の時期に、イギリスでは年間七〇〇～八〇〇件に及ぶ死刑の執行があり、これはイギリス史上ではもっとも高い数値の記録だという。したがって、ジャスティーヌの処刑は、イギリスの動乱期のひとこまを示す場面であるとも言えよう。

闘争としての歴史

マルクス主義批評家にとって、「歴史」とは対立する社会的な力の闘争を意味する。文学作品が、「物」として歴史的に存在するかぎり、そのなかにはなんらかの「闘争」が表現されているはずである。たとえ闘争自体をテーマとしていなくても、テクストのなかに、統一を崩す矛盾の要素が含まれているはずであり、そこに「歴史性」を見出そうとするのが、マルクス主義批評の方法である。

モンタークは、この小説の矛盾点を二つ挙げる（Montag, pp. 392-395）。第一は、フランケンシュタインの悲劇の中心を占めるはずの怪物創造のプロセスの直接的描写が、テクストから省かれていることである。フランケンシュタインの語りは、「不潔な創造の仕事場」についてのくだりに来ると、話が曖昧になったり脇道に逸れたりして、結局プロセスが描かれないまま、怪物が出来上がった場面へと飛び越える。彼が「解剖室」「屠畜場」と呼ぶ仕事場の具体的な描写はなく、「思い出しただけでも、めまいがする」というように、それが再生不可能であることが強調される。

第二の矛盾点は、作品の背景として近代の産業社会がまったく描かれていないことである。描写されているのは、崇高なアルプスの山々、神秘的な湖、豊かに実った畑といった四季折々の自然ばかりである。フランケンシュタインとクラヴァルが、ロンドンをはじめイギリスの都市を転々と旅したときでさえ、工場や産業労働者はまったく描かれていない。つまり、この作品の核心を占める「科学技術」そのものが、テクストから決定的に欠落しているのである。

これらの矛盾点から浮かび上がってくる歴史性とは、科学技術の進歩が、人間の自由を達成することにはつながらず、それ自体の論理によって動き始め、社会に分裂をもたらし、人間を新たな隷属状態に至らしめたという現象である。フランケンシュタインの人生とは、科学の征服者たろうとして、結局、科学の道具として奴隷と化した人間の経歴にすぎない。現代的なものがいっさい排除された世界を背景として、怪物は、都会・産業・労働者といったものを一身に負って体現しているゆえに、真の怪物性を帯びることになるのである。

9 文化批評
cultural criticism

文化とは何か

「文化」(culture) は現代のキーワードのひとつで、批評においても多用される言葉であるが、その意味は多義にわたり、曖昧である場合が多い。「文化」というと、しばしば古典的な文学や音楽、絵画などが連想され、高度な教養のイメージが伴う。しかし、一九六〇年代ころから力を増してきた「文化研究」(cultural studies) においては、こうした知識階級向けの「ハイ・カルチャー」(high culture) だけではなく、一般大衆向けの通俗的な「ロウ・カルチャー」(low culture) も広義の文化として捉えられ、両者の間の境界が取り払われる方向が目指されてきた。文化研究では、優れた作品をキャノンとして権威づけることを否定し、文化的産物であれば、写真であれ広告であれすべて同等に扱い、差別しない。要するに文化研究の目的は、価値評価による作品の位置づけではなく、文化的背景における作品の関係づけなのだ。このような考え方を土台とした批評の方法が、「文化批評」である。

古典作品を対象として文化批評的アプローチをする場合にも、多様な方法がある。ある文学テクストが、時代を経てハイ・カルチャーとロウ・カルチャーとの間をいかに行き来してきたかという過程を検証する方法もあるだろう。原作を、映画やドラマ、漫画などの翻案と比較するという研究も盛んである。また、たとえばジェイン・オースティンの小説を、同時代に流行していた女性向きの「作法書」として見るというように、文学的キャノンとされる作品を、他の通俗的な読み物として読む方法もある。あるいは、時代の文化的背景のなかで重要なモチーフやテーマを、原作なり翻案なりのなかから取り出すというアプローチもある。たとえば、マーク・トウェインの『ハックルベリー・フィンの冒険』から、アメリカの少年非行の問題を読み取るというような読み方が、その例である。

二つの文化の間での揺れ動き

フランケンシュタインという名は、だれでもどこかで聞いたことがある。おそらく文学作品の主人公のなかで、これほど遍《あまね》く名の知れ渡った人物もまれだろう。ではいったいなぜ、またどのように、この作品は私たちの文化のなかに深く浸透してきたのだろうか。まず、『フランケンシュタイン』が、文学伝統と大衆文化との間でいかに激しく揺れ動きながら伝播していったか、その過程を辿ってみよう。

原作の小説では、ミルトン、コールリッジをはじめ数多くの古典作品が下敷きになっている［→I-13 **間テクスト性**］。また、「現代のプロメテウス」という副題が付いていて、『失楽園』からの一節が題辞に掲げられていることからも、作者自身、この小説を文学伝統上に位置づけようと意図していたことがうかがわれる。

そして出版されると間もなく、『フランケンシュタイン』は、それ以後の文学作品に盛んに取り込まれるようになった。ギャスケル夫人は『メアリ・バートン』(*Mary Barton*, 1848)で、無学な人々を怪物に譬えている。「無教養な人々を見ていると、その振る舞いが、私にはまさにフランケンシュタインのように、さまざまな人間的特質を備えながら、魂がなく、善悪を見分けることのできないあの怪物そのもののように思えるのだ」(第一五章)というくだりで、ギャスケル夫人はフランケンシュタインを怪物と取り違えたまま引用しているが、これは教養ある文学者においてさえ、このような混同が生じる場合があったことを示す例としても、興味深い。

また、フランケンシュタインという固有名詞自体は現われなくても、「怪物」(monster)や創造物(creature)という言葉が使われるさい、メアリ・シェリーの物語が重ね合わされる例は枚挙にいとまがない。たとえばディケンズの『大いなる遺産』では、囚人マグウィッチが自ら築いた富によって、鍛冶屋《かじ》の徒弟ピップを紳士に仕立てるという「創造」のモチーフが土台になっている。金持ちのミス・ハヴィシャムもまた、マグウィッチの娘エステラを養女にし、怪物のように冷酷な淑女を「創造」する。ピップは善良なジョーに対して、自分が「幼い怪物」(a young monster) であるように感じ、エステラは貧しい労働者の子供であるピップを蔑んで「下品な小さな怪物」(little coarse monster) と呼ぶ。やがて謎の遺産の贈り主が何者であるかを知ったとき、ピップは、自分がいかにして創られたかを思い知り、次のように呻吟する。

> 自らの手で不敬にも創り上げた奇形の生き物によって追われる、あの想像上の研究者でさえ、自分を創った者に追われながら、褒められたり好かれたりすればするほど、ますます強い嫌悪感でひるんでしまうこの私ほどには、惨めではなかっただろう。(第四〇章)

この「想像上の研究者」がフランケンシュタインであることは、疑いの余地がない。ジョージ・エリオットの『ミドルマーチ』で、リドゲイトが少年のころ、休暇中のある日、雨に閉じこめられて書斎に入り、たまたま手に取って開いた本のページに「解剖」のことが書かれていて、人体の内部構造について知った瞬間、電撃に打たれたように医学の世界に目を開かれたという箇所は、フランケンシュタインが少年のころアグリッパの書物に出会ったことと、状況設定がそっくりである。やがて医学の道に進んだリドゲイトは、一九世紀初頭の解剖学者ビシャー（Marie François Xavier Bichat, 1771–1802）の人体に関する学説を発展させ、人間の個々の器官を構成している根源的な組織を解明して偉大な発見者になることを熱望する。語り手はその時代の状況について、次のように説明している。

しかし、人間の良心や知力に依存する学問的成果が働き出すのには、時間がかかるため、この一八二九年の末という時点でも、大部分の医療は、あいかわらず従来の道をそりかえったりよろめいたりしながら歩いていて、ビシャーの研究を引き継ぐべき研究は、まだこれからという実情だった。（第一五章）

エリオットは、創作年代よりも約四〇年前の時代を舞台として設定している。ここに描かれている時代状況は、メアリ・シェリーが描いた状況と大差なく、フランケンシュタインとリドゲイトの野心は同質的なものと見ることができる。したがって、エリオットは破滅的な科学者像を創造するとき、フランケンシュタインを意識していたはずだ。

このように、『フランケンシュタイン』はヴィクトリア朝文学の伝統に吸収されていったが、他方では、中産階級の読者層を越えて、一般大衆文化のなかにも根を下ろしていった。出版されて間もなく、この物語は演劇に格好の題材として取り上げられ、一八二三年には早くもロンドンのコヴェント・ガーデン王立歌劇場で上演された。これはリチャード・ブリン

ジョン・テニエル画「お粗末なフランケンシュタイン」(『パンチ』1866年9月8日)

「ロシアのフランケンシュタインと怪物」(『パンチ』1854年7月15日)

ズリー・ピーク(Richard Brinsley Peake)の脚本によるもので、『憶測、あるいはフランケンシュタインの運命』(*Presumption; or The Fate of Frankenstein*)と題され、大評判になった。その後、H・M・ミルナーの(H. M. Milner)脚本をもとにし、一八二三年にロンドンのコバーグ劇場で初演された『フランケンシュタイン、あるいはスイスの悪魔』(*Frankenstein: or, The Demon of Switzerland*)や、同じくミルナーの脚本をもとにし、一八二六年に同劇場で初演された『フランケンシュタイン、あるいは人間と怪物』(*Frankenstein: or, The Man and the Monster*)をはじめ、続々と舞台で上演された。最初の上演から三〇年の間に、イギリスとフランスだけでも、一四もの脚色が行われたという。

『フランケンシュタイン』をもとに新しい小説の翻案も書かれた。たとえば、一八三八年の

「教育フランケンシュタイン」（『パンチ』1884年カレンダー）

ジョン・テニエル画「アイルランドのフランケンシュタイン」（『パンチ』1882年5月20日）

『フレイザーズ・マガジン』（*Fraser's Magazine*）には、『新フランケンシュタイン』（*The New Frankenstein*）という小説が匿名で掲載されている。ボルディック（Chris Baldick）によれば、これは取るに足りない駄作のようだが（Baldick, p. 141）、当時、原作から数多くの亜流の物語が派生していたことが、少なくともこれから推測できる。また、政治家をはじめとする発言者や諷刺漫画作家、諷刺作家なども、フランケンシュタインと怪物のイメージを盛んに活用するようになる。ピークの劇の公開初日から一か月もたたないうちに、「フランケンシュタイン的」（Frankensteinian）という形容詞が『タイムズ』（*The Times*）紙で使われるようになっていたという。諷刺漫画に関しては、『パンチ』（*Punch*）誌だけをとってみても、ロシア皇帝ニコライ一世（Nikolai I, 1796–1855）の軍国主義（作者不詳、

エジソン社の無声映画（1910）で怪物を演じるチャールズ・オーグル

一八五四年七月一五日）、新たに選挙権を与えられたイギリスの労働者（ジョン・テニエル［John Tenniel, 1820–1914］画、一八六六年九月八日）、民族主義者に扇動されたアイルランド大衆（ジョン・テニエル画、一八八二年五月二〇日）、一八七〇年の法律による国民皆教育（作者不詳、一八八四年カレンダー）などが、次々怪物として描かれ、創った者が創られた者に脅かされるという主題を図示している。

一九〇〇年から一九三〇年にかけて、映画が次第に演劇に取って代わるようになると、『フランケンシュタイン』は、映画のスクリーン上でますます怪物的な力を発揮するようになる。最初に映画化されたのは一九一〇年、J・サール・ドーリー（J. Searle Dawley）監督がエジソン・スタジオで制作した無声映画で、俳優チャールズ・オーグル（Charles Ogle）が怪物役を演じた。その後の映画史のなかで特に重要な作品は、一九三一年、イギリスのジェイムズ・ホエール（James Whale）監督がハリウッドのユニヴァーサル社で制作した映画『フランケンシュタイン』（*Frankenstein*）である。俳優ボリス・カーロフ（Boris Karloff, 1887–1969）が怪物役を演じ、怪物の不動のイメージを定着させたという点で、この映画は大衆文化に絶大な影響を及ぼした。ホラー映画『ドラキュラ』（*Dracula*）で成功を収めたばかりだったユニヴァーサル社は、そのころロンドンで上演されていた『フランケンシュタイン――死の世界の冒険』（*Frankenstein: An Adventure in the Macabre*）という芝居の権利を買い取り、その脚本に基づいて二五万ドルの制作費でこの映画を作り、一二〇〇万ドルもの収益を上げたのだった。

この映画では、怪物は燃えさかる風車小屋で最期を遂げるという話に書き換えられているが、ユニヴァーサル社は成功に乗じて怪物をふたたび生き返らせ、続編の映画を次々と制作した。なかでも特に評判になったのは、一九三五年の『フランケンシュタインの花嫁』（*Bride of Frankenstein*）で、ここでは怪物と女の創造物との関係を中心に話が展開する。版を重ねるにつれ物語はだんだん残酷になってゆき、一九四六年の『フランケンシュタインの館』（*House of Frankenstein*）ではドラキュラが、同年の『フランケンシュタインと狼男』（*Frankenstein Meets the Wolf Man*）では狼男が登場するなど、ユニヴァーサル社が作り出した他の怪物も加えられてゆく。

ホラー映画の流行の波に乗って、次に大成功を収めたのは、一九五七年にイギリスのハマー映画社が制作したカラー映画『フランケンシュタインの逆襲』（*The Curse of Frankenstein*）である。カーロフの怪物のイメージがあまりにも強烈だったため、この映画では怪物の創り手の側に力点を置くという戦略がとられた。俳優ピーター・カッシング（Peter Cushing）が演じるフランケンシュタイン男爵は、これまで以上に冷酷で貴族的な人物として描かれた。また、この映画は一段と進んだ特殊効果によって、人体の各器官の並ぶグロテスクな実験室風景を色鮮やかに大写しし、当時の新聞で「サディスト限定」版と揶揄《やゆ》されたほど、観客に衝撃を与えた。しかし、悪趣味だという酷評が出回ったにもかかわらず、この映画はイギリスとアメリカで大ヒットし、ハマー映画社は引き続き六作の『フランケンシュタイン』シリーズを制作することになる。最終作は一九七三年のもので、ちょうど同じ年に、ユニヴァーサル社がクリストファー・イシャウッド（Christopher Isherwood, 1904-86）とドン・バカルディ（Don Bachardy）による小説『フランケンシュタインの真実』（*Frankenstein: The True Story*）を、テレビ用のドラマとして制作している。

その後のもっとも重要な映画は、一九九四年のケネス・ブラナー（Kenneth Branagh）監督が制作した『メアリ・シェリーのフランケンシュタイン』（*Mary Shelley's Frankenstein*）であろう。その表題からは、あまりにも通俗化してしまった『フランケンシュタイン』を、原作に立ち返って復活させようという制作者の意図がうかがわれる。ブラナー監督自身も、「小説の出来事に可能なかぎり忠実に従い、できるだけもとの話を含めるようにした」と言っている。莫大な制作費を投じて作られたこの映画は、衣装といい舞台背景といい、たしかにこれまでの映画よりもはるかに歴史的な本物らしさを帯びている。また、原作にはない映画の登場人物は消え、逆にウォルトンやモリッツ夫人のように、これまで映画で省かれていた人物が登場することになった。しかし、ブラナー自身も認めているとおり、この映画は制作者の作品解釈、とりわけ「小説とその意味に対する現代的反応」(Branagh, pp. 305-306) を濃厚に打ち出している点では、後にも述べるとおり、大きく原作から逸脱し、まぎれもなく一九九〇年代の文化風土を表象していると言えよう。

以上見てきたとおり、大衆文化のなかでも視覚メディア、ことに映画が果たした影響は大きい。一九九四年に出版されたスティーヴン・ジョーンズ (Stephen Jones) の『例解フランケンシュタイン映画ガイド』によれば、多少なりとも『フランケンシュタイン』の話に基づいた映画が、四〇〇以上もあるという。

原作からの逸脱と変容

『フランケンシュタイン』は、文化のあらゆる媒体をとおして書き換えられつつ増殖してきた。その無数の書き換えのなかで、変わらなかった要素、つまりこの物語の骨格をなしているものは何か。それは、「科学者が、死体を合成して、生きた人間を造る」という話である。フランケンシュタインはファウスト的な知識の探求者であるが、その姿はさまざまに変容しても、彼がつねに科学者であることは変わらない。フランケンシュタインが生物を作り出す方法は、魔術や奇術ではなく、「科学」であるというのがポイントだ。原作が書かれたのは、まだ科学の分野が未分化の時代ではあったが、科学的発見のなかでも、とりわけ生命の発見にまつわる不安がこの物語の核をなしているため、フランケンシュタインには生物学者のイメージが伴う。また、人工的に人間を造るという話が、『フランケンシュタイン』のオリジナリティであり、この部分が変わると、もはや物語の同一性は失われてしまう。そして、その人体は、死体を寄せ集めて造ったものだという特徴がある。サイボーグのように、機械装置を内蔵した身体でも、「ターミネイター」のような殺人マシーンでもなく、『フランケンシュタイン』の怪物は、有機物の合成から成り立ち、痛みや死を伴う身体を備えている点に特色がある。怪物は、つねに生物学と切り離せない存在なのである。

では、この不変の部分、つまり「科学者」（フランケンシュタイン）と「造られた物」（怪物）と「生命の創造」という三つの要素をめぐって、『フランケンシュタイン』が大衆文化のなかでいかに変容してきたかを、代表的な翻案作品を中心に見てみよう。また、その変容をとおして、翻案作品が作られた時代の文化風土がいかに反映されているかも、あわせて考えてみたい。

①フランケンシュタイン像

一八二六年に上演されたミルナーの劇『フランケンシュタイン、あるいは人間と怪物』は、一八三〇年代にもフランケンシュタイン劇の定番となっていたが、脚本の筋立ては原作と大幅に異なる。原作では、怪物を造ったときのフランケンシュタインは、まだ成人して間もない野心的な大学生だが、劇ではすでに名声を博した科学者であり、イタリアの公国の公子の手厚い援助を受け、宮殿の離れの一室で壮大な実験に取り組んでいる。フランケンシュタインは、田舎娘を誘惑して子供を産ませて捨てたという過去もあり、自分の造った怪物の出来映えが気に入らなかったために、いきなり剣を抜いて怪物に斬りつけたり、その首を絞めようとしたりするなど、無情な人物として造形されている。

ホエール監督の映画では、俳優コリン・クライヴ（Colin Clive）が演じるヘンリー・フランケンシュタイン（フランケンシュタインの名は、ヴィクターではなくヘンリーに変えられている）は、贅沢《ぜいたく》な衣装に身を飾る名声を馳せた科学者として理想化されている。その後、事態がフランケンシュタインの予期に反した方向へ展開するための理由づけとして、ホエール版では、猫背の助手フリッツという、原作にはなかった邪悪な人物が付け加えられた。フリッツが医学校から脳を盗むさいに、誤って犯罪者の脳を持ち帰ったために、怪物が重大な欠陥を持つことになったというように、筋書きが変えられている。この映画は、科学技術が目覚ましい進歩を遂げた時代の風土を投影し、大恐慌の猛威にさらされた観客の前に、未来への希望を体現する存在としてフランケンシュタインを出現させると同時に、人間を道具化するファシズムのイデオロギーを予言的に暗示しているとも言えるだろう。

『フランケンシュタインの逆襲』では、俳優ピーター・カッシングがサディスティックなフランケンシュタイン男爵を演じて、科学者の狂気をさらに強調した。それは、先にも述べたとおり、映画制作会社の商業的理由もあると思われるが、第二次世界大戦を経て、科学者がファシズムの残虐行為に加担したことがあからさまになった時代の文化風土も、色濃く反映していると言えるだろう。

それに対して、ブラナー監督の映画におけるフランケンシュタインは、ブラナー自身も述べているように、「狂気の科学者ではなく、危険なほど正気の科学者」で、「正しいことをしようとしている人間」として造形されている。「エイズや癌の治療まであと一歩というところまで来ていて、なんらかの難しい決定を下さなければならない、そういうどこかにいるかもしれない驚くべき科学者と、現代のヴィクターとを、観客に重ね合わせて見てほしい」（Branagh, pp. 306–307）と、ブラナーは語っている。監督自身が主役を演じていることもあって、たしかにこの映画のヴィクターは、個性に欠けた平凡なイメージで、ふつうの正気の人間らしさがよく出ていると言えるだろう。

②怪物像

原作の怪物は言葉を話し、読書によって教養を培い、理性も備えているが、大衆文化のなかでは、怪物はたいてい無学で口もきけず、その巨大で醜い身体が強調される。ミルナーの劇では、俳優リチャード・ジョン・スミス（Richard John Smith）が野性的な怪物役を演じた。スミスはその前にジョン・フォーセット（John Fawcett）作『オビ、あるいは三本指のジャック』(*Obi, or Three-Finger'd Jack*, 1801)という劇で、ジャマイカの逃亡奴隷オビ役を演じて評判をとっていたが、そのときと同じスタイルで、怪物を演じたのだ。これは、いわゆる「高貴な野蛮人」の伝統につながるもので、巨大な身体を備え、復讐のためには怪力を振るうが、勇敢さと威厳を備えた怪物の概念を表わしている。ミルナー版の怪物は、フランケンシュタインに捨てられた恋人とその子供が嵐のなかで倒れたところを助けて介抱したり、音楽に対して陶酔的な反応を示したりするなど、観客の同情を引く存在として造形されている。終幕で怪物は、フランケンシュタインのパトロンである公子の軍隊に追いつめられて、火を噴くエトナ山に身を投げる。

一九一〇年に上演された最初の映画では、俳優チャールズ・オーグルが怪物役を演じているが、スチール写真に見られる怪物は、白塗りのメーキャップで道化のような扮装《ふんそう》をしている。この「道化」のスタイルも、伝統的な怪物の系譜に含まれる。一八〇四年に演劇『ヴァレンタインとオルソン』(*Valentine and Orson*)が上演され、怪力のオルソン役を演じた俳優ジョセフ・グリマルディ(Joseph Grimaldi, 1779–1837)が評判をとり、続けてパントマイム劇『道化と母ガチョウ、あるいは黄金の卵』(*Harlequin and Mother Goose; or, The Golden Egg*, 1806)でも、彼は道化役を演じて人気を博した。白塗りの顔に、グロテスクさと滑稽さ、哀愁を漂わせたグリマルディの道化像は、人間と異形《いぎょう》のものとの間に位置する存在として、ひとつの怪物の系譜を作り出したのである。

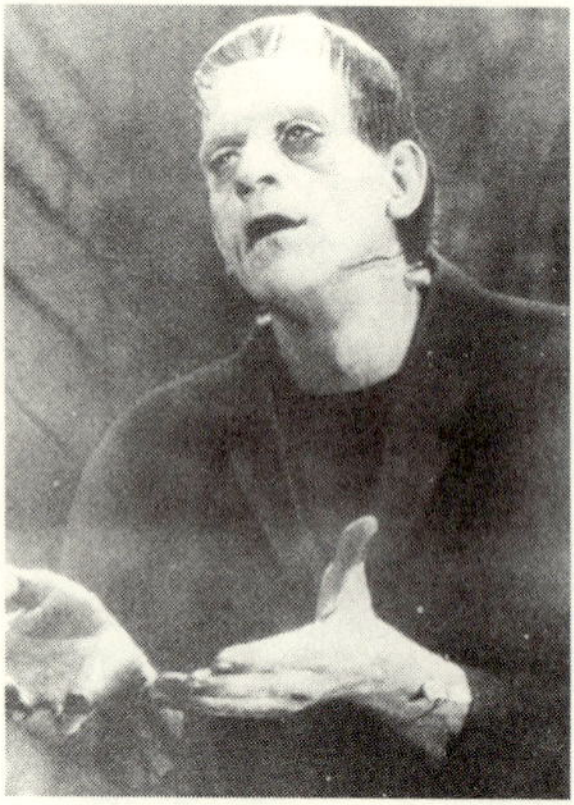
ボリス・カーロフ

ホエール監督映画において怪物役を演じたボリス・カーロフもまた、道化のようなメーキャップをしてパントマイムで演じている点では、これと共通性がある。しかし、カーロフの怪物像は、それ以前の怪物ばかりかそれ以後の怪物をも希薄にしてしまうほど、強烈なイメージを作り出した。大きな平べったい頭部、落ちくぼんだ虚《うつ》ろな目、大きな耳、継ぎ接《は》ぎがありボルトを留められた顔や首、長いぶざまな手、大きなよたよたした足――このような姿こそ、私たちが怪物を思い浮かべるときの原型的イメージにほかならない。この怪物の骨格や姿態の特徴は、当時の骨相学や犯罪学、人類学などで犯罪者や野蛮人の典型的特徴とされたものと一致していて、これらの研究の影響が見られる。ちょうどそのころギャング役で舞台に出ていたボリス・カーロフは、まさに野蛮な犯罪者の形相にうってつけの役者として、怪物役に抜擢《ばってき》されたのである。

この怪物は犯罪者の脳を移植されたゆえに、先天的に犯罪性を備えているという設定になっている。つまり怪物は、悪意によってではなく、先天的な劣等性ゆえに、やたら破壊してしまうのである。怪物は子供好きで、ある場面では、湖のほとりで女の子と遊んでいるうちにその子を水のなかに投げ込んでしまうが、それは、女の子が花と同じように水に浮かぶだろうと思ったからにすぎない。最後に怪物は、村の群衆に追われて燃える風車小屋のなかで死ぬ。筋書きのうえでは、あくまでも怪物の先天的な精神の異常さが、諸悪の原因ということになっているが、その死は、社会から阻害された者の悲劇であるような印象をもたらす。一九三〇年代にドイツを舞台として作られた映画であるという点から、このヒステリカルな群衆の姿に、ナチスの兆しを重ね合わせて見ることもできる。また、燃える風車の羽が巨大な炎の十字架となる映像から、当時アメリカで集団リンチを繰り広げていた白人至上主義秘密結社クー・クラックス・クランを連想する批評家もいる（O'Flinn, p. 37）。

それに対して、ロバート・デ・ニーロ（Robert De Niro）が演じるブラナー版の怪物は、敵意と残酷さに満ちた強力な存在である。原作では、怪物の残酷さには心理的な動機づけが与えられているが、デ・ニーロの怪物がなぜ残酷なのかは、曖昧である。怪物は、幼いウィリアムを見てその暴力性に火がつき、ジャスティーヌに対しては悪賢さを発揮し、エリザベスに対してはサディスティックな面を露わにする。この怪物には、賢者ヴァルトマンの脳が移植されているため、犯罪性の根拠は脳にはない。怪物の身体は、囚人の身体を材料として造られたということになっているため、犯罪的要素は、身体にこそ潜在するという考え方が、ここにうかがわれる。また、この怪物は言葉を話すことができて、フランケンシュタインと洞穴で対面したとき、「おれは何者だ？　おれの身体は、どんな人間でできているのだ？

悪い人間か？」と、原作にはない台詞《せりふ》を述べる。原作における「自分とは何か」という怪物の問いは、ここでは身体的観点から問われているのである。

③生命の誕生

怪物が誕生する場面は、原作ではわずか一段落のなかに含まれている。しかし、フランケンシュタインの語りは具体的場面の視覚化を拒んで脇道に逸れ、ふたたび場面に戻ったときには、すでに怪物は生まれている。つまり小説では、物語の中核となる出来事の直接的な描写が、省略されているのである。

ミルナーの劇は、幕が上がると、フランケンシュタインの従僕ストラットとその恋人リゼッタの会話の場面から始まる。二人とも、原作には出てこない喜劇的な人物である。ストラットは、フランケンシュタインの研究室の窓を覗き込みながら、「大変だぞ、リゼッタ。旦那様は人間を造っておられる。おれの目には、そうとしか見えない」と言う。「人間を造っているって！　じゃあ、旦那様はおひとりじゃないのね？」と、リゼッタは滑稽な返事を返す。このような第三者の会話という形で、生命創造の場面は、間接的に示されるのである。

映画という表現形式の特色は、視覚化に重点を置くことにある。それゆえ、小説では省略された生命誕生のプロセスが、映画作品では中心的位置を占めることになる。ホエールの映画は、フランケンシュタインと助手フリッツが、埋葬されたばかりの死体を墓地で掘り起こす場面から始まる。これに続く創造の場面は、ゴシック風の塔のなかにある実験装置の完備した研究室で、ヴァルトマン教授とエリザベス、友人ヴィクター（ヘンリーと名前が入れ替わっている）の同席のもとで起こる。電気を当てて人造人間の手が持ち上がると、フランケンシュタインが「生きているぞ！」と叫び、一同は歓声をあげる。最初はこの場面に、「ぼくには神になった気持ちがわかる」というフランケンシュタインの台詞があったが、この部分は検閲によって削除された。それは、当時の社会において、科学者を神格化することに対して、なんらかの危険が察知されたことを示していると言えるだろう。

ブラナー版には、人造人間の誕生に先立って、自然な生命誕生の場面がある。それは、フランケンシュタインの母親が、彼の弟を出産して死ぬ場面である。原作では、フランケンシュタインの母は、エリザベスの熱病が伝染し、信心深いキリスト教徒として安らかに死んでゆく。しかしブラナー版では、子供を産んで死んだ彼女の遺体は、あたかも惨殺体のようであり、その場面は血と汚辱にまみれている。映画では、フランケンシュタインは母の死に衝撃を受けたために自然の出産を否定し、人工的な出産を試みるに至ったというように、筋書きが変わっている。人工的な生命誕生の場面では、子宮の代用物となる巨大な金属製の容器から、羊水に浸された裸の怪物が生まれてくる。そこには、宗教的な秘技めいた要素は微塵もなく、自然の分娩を模倣した徹頭徹尾肉体的な映像表現が見られる。ブラナー版では、舞台のインゴルシュタットも、原作とは異なりコレラが蔓延《まんえん》した荒廃した町という設定になっている。至るところに死体が溢れ病んだ混沌とした世界から怪物は生まれ、怪物の歪んだ身体は、その世界を象徴しているという考えが濃厚である。このようにブラナー版の映画は、人間の肉体性を中心テーマとして打ち出している。実際、科学技術の発展が人間の手に負えないところに向かいつつある現代とは、まさに人間が身体を備えた存在であることの根源的な意味が問われる時代である。ブラナーの映画は、そうした現代の文化風土を反映していると言えるだろう。

『フランケンシュタイン』の物語が、これほどまでに長持ちしてきたのはなぜだろうか。それは、「人間の企てが人間の手に負えなくなって、造った側にふりかかってくるという話」は、いつまでたっても私たちにとって怖い話だからだと、ジョン・ターニー（Jon Turney）は言う（Turney, p. 35）。生命の謎のかなりの部分が解明されたいまでも、いや、生物の遺伝子構造を操作する技術が現実のものとなったいまだからこそ、人類がさらなる力を手にする未来に、私たちは漠然とした不安を覚える。人間が身体という生物的側面を超克できないかぎり、この不安は解消されることはなく、『フランケンシュタイン』の物語は書き換えられ続けてゆくだろう。

10 ポストコロニアル批評 postcolonial criticism

ポストコロニアル批評はなぜ必要か

ポストコロニアリズム（postcolonialism）とは、二〇世紀後半においてヨーロッパの諸帝国が衰退し、アジア・アフリカ・カリブ諸国などのいわゆる「第三世界」が、西洋の植民地支配から独立したあとの歴史的段階を指す。ポストコロニアル研究（post-colonial studies）は文化研究の一種で、広義には、西洋によって植民地化された第三世界の文化全般の研究を指し、特に文学作品を対象とする場合をポストコロニアル批評という。ポストコロニアル批評の基盤となったのは、パレスティナ出身のアメリカの批評家エドワード・サイード（Edward W. Said, 1935–2003）の『オリエンタリズム』（一九七八）である。この著書においてサイードは、西洋の帝国主義諸国が、自らの搾取と支配を正当化するうえで好都合なように、いかに第三世界に関する誤ったイメージや定型化された神話をでっちあげてきたかという問題を提起した。

ポストコロニアル批評の具体的方法としては、第一に、植民地化された国や文化圏から生まれた文学作品を研究するというアプローチがある。第三世界諸国は、帝国の支配から自立したあと、植民地時代以前の自らの文化を再生し、新しい国家的アイデンティティを創造するべき立場に置かれた。それゆえ、植民地主義による定型化への異議申し立てがどのようになされ、植民地主義の文化的影響からの脱皮がいかに図られているかというような問題に焦点が当てられることになる。

第二は、帝国主義文化圏出身の作家が書いた作品において、植民地がいかに描かれているかを分析するという方法がある。その場合、西洋文化圏のテクスト内部に植民地主義的言説がいかに刻印され、人種的他者がどのように表象されているかというような問題が、特に注目されることになる。代表的な例としては、シャーロット・ブロンテの『ジェイン・エア』（*Jane Eyre*, 1847）に登場するロチェスタの狂った妻バーサがジャマイカ人という設定で、野獣のように描かれていることや、西インド諸島が地獄のようなイメージで表象されていることなどに着目し、そこに帝国主義によるクレオール文化の定型化の跡を見るというような読み方がある。

私たち日本人は、ポストコロニアル批評的観点に立つとき、微妙な立場に置かれる。二〇世紀半ばまで、わが国は政治的には植民地を建設する側に立っていたが、文化的には西洋の植民地支配の影響を免れなかったからである。私たちは、西洋文化のなかで歪められステレオタイプ化された自国人像に出会うとき、なにか戸惑いを感じる。また、日本が帝国主義的支配を拡張するために、いかに他国文化を故意に変形してきたかという問題もある。このような点からも、なぜ植民地主義の影響を修正する必要があるのか、言い換えると、なぜポストコロニアル批評が重要なのかという理由が、たちどころにわかるだろう。

『フランケンシュタイン』におけるオリエンタリズム

『フランケンシュタイン』は、植民地を支配する側の西洋生まれの作家によって書かれた作品である。したがって、この作品をポストコロニアル的観点から見るさいには、作者が第三世界やそこで生まれた人々をどのように描いているかという問題に焦点を当てることになる。この作品の大半の登場人物はヨーロッパ人であるが、怪物がフランケンシュタインに語る話のなかに、トルコ人父娘が登場する。

怪物の隣に住むド・ラセー家は、もとはフランスの良家の出で裕福だったが、いまはすっかり財産を失って没落し、ドイツで亡命生活を送っている。その原因は、ひとりのトルコの商人のせいであったとされる。このトルコ人は、なんらかの不当な理由によりパリで囚《とら》われの身となり、死刑を宣告される。これに憤りを覚えたフェリックス・ド・ラセーは、囚人の逃亡計画に加担する。トルコ人にはサフィーという美しい娘がいて、フェリックスは監獄を出入りするうち彼女に出会い恋に陥った。トルコ人はこれを利用し、安全な場所に逃れたら娘と結婚させると約束して、フェリックスに助力を請う。ところが、彼らが逃亡に成功したあと、陰謀が発覚してフェリックスの父と妹が捕らえられると、トルコ人はフェリックスを裏切って、故国へ引き揚げてゆく。かたやド・ラセー家は、父娘が釈放されたあと財産を没収され、一家ともどもフランスから追放されたのだった。ここから浮かび上がってくるトルコ人のイメージは、民族的偏見のゆえに無実の罪を着せられた犠牲者としての側面と、狡猾《こうかつ》な忘恩者としての側面という両面性を持つ。

では、娘サフィーはどのように描かれているか。彼女は、あとからトルコへ向かうようにという父の指図には従わず、密《ひそ》かに恋人を追ってドイツへ旅立ち、ド・ラセー家に身を寄せる。彼女の亡き母親は、キリスト教徒のアラビア人で、トルコ人の奴隷になったが、美貌《びぼう》によってトルコ商人の目に止まり、結婚したのだった。つまり、サフィーには半分母親の血が流れていて、母の教化の影響で、その心は完全にキリスト教徒のものだったのである。それゆえサフィーは、「またアジアに帰って、ハーレムの壁の内に閉じこめられ、することといえば幼稚な遊びしか許されないような暮らしに戻るかと思うと、うんざりして」（第一四章）、キリスト教徒と結婚し女性の社会的地位が認められる国で生きることに憧れていたのだった。サフィーは東洋人でありながら肯定的に描かれているが、そこにはキリスト教徒であるという西洋的価値が付与されている。彼女はハーレムの壁の内に女性を閉じこめる劣った故国から脱出しようとする女性として位置づけられているのである。ここにも、帝国主義による東洋世界の定型化が、明らかに見て取れる。

フェリックスが、サフィーにフランス語を教えるために使った教材は、ヴォルネーの『諸帝国の廃墟』だった。怪物は壁の隙間からこの授業をうかがいながら、自分もいっしょに勉強する。怪物はヴォルネーの著書をとおして、語学だけではなく、人間の歴史や風習、政治、宗教などのあらましについても学ぶ。怪物は授業で聞いた具体的な内容について、次のように列挙する。

アジア人の怠惰さ、ギリシア人の並はずれた才能と精神の活発さ、初期ローマ人の戦争とすばらしい美徳——そのあとの堕落——かの大帝国の衰退、騎士道やキリスト教や王たちのことを、おれは聞いて知った。アメリカ側の半球が発見された話を聞いたときには、その先住民たちの不運な運命に思いを馳せて、おれはサフィーとともに涙を流した。（第一三章）

ここでも、アジア人の劣性とヨーロッパ人の先天的・文化的優性とが対比されている。西洋人の侵略によって迫害されたアメリカ先住民の話を聞いたとき、サフィーと怪物はなぜ涙を流すのだろうか。それはたんなる同情の涙ではなく、彼らの境遇とアメリカ先住民の運命に重なり合う点があることを暗示している。自ら第三世界の出身者であるサフィーが、植民地化される側に立脚した見方をするのは、自然であろう。怪物もまた、「黄色」［↓II-13**透明な批評（なぜ怪物は黄色いのか）**］の皮膚に「黒光りした髪の毛」（第五章）という黄色人種のような風貌を持ち、あらゆるヨーロッパ人から排斥される。したがってその涙にも、ポストコロニアル的な含みが読み取れるかもしれない。

帝国主義的侵犯

フランケンシュタインの友人クラヴァルは、ジュネーヴの商人の息子で、少年のころから「冒険的偉業への情熱」（第二章）に駆られている。クラヴァルもフランケンシュタインと同様、偉業によって名を残したいという野心を抱くが、彼が関心を向ける方面は科学ではなく、人文系の学問である。子供時代のクラヴァルは文学的才能豊かな少年として描かれていて、青年となって大学に進学するさいには、その目的が次のように具体的に述べられている。

彼が大学に来たのは、東洋の言語を完全に習得し、それによって自分で決めた人生計画の領域を切り開こうという企てのためだった。無名の生涯は送るまいとした彼は、冒険心を発揮する場として東方に目を向けたのだ。ペルシア語、アラビア語、サンスクリットに、彼は注意を引かれていた。（第六章）

クラヴァルの学んだ学問領域が、東洋の語学・文学であったことはわかるが、彼の「冒険的偉業」が具体的にどのような形で達成されようとしているのかは、曖昧である。スピヴァク（Gayatri Chakravorty Spivak）は、ここで用いられている表現は、「伝道的なものというよりも、むしろ企業家的」（Spivak, p. 250）であると指摘する。

クラヴァルが大学で勉強を始めてから約二年後、彼とともにイギリスを旅行したフランケンシュタインは、友について次のように語っている。

私はクラヴァルのなかに、かつての自分自身の姿を見る思いだった。彼は好奇心に溢れ、経験や知識から学ぶことに熱中していた……彼はかねてよりあたためてきた企ても進めていた。彼の計画とは、インドに行くことだった。インドの諸言語やその社会についての知識があるので、自分は実際にヨーロッパの植民地建設と貿易の発展に貢献できると信じていたのだ。イギリスでしか計画を推し進めることができなかったので、彼はずっと忙しかった。（第一九章）

ここでは、クラヴァルの企てのなかに、インドでの植民地建設が含まれていることが明かされ、帝国主義的色彩が加わってくる。「イギリスでしか計画を推し進めることができなかった」のは、その計画が東インド会社と関連があったからで、彼の「冒険的偉業」が純然たる文学的なものではなかったことを示していると言えるだろう。そして彼は、インドへの出発を目前に控えて、怪物に殺されてしまうのである。

クラヴァルのインド行きをはじめ、フランケンシュタインの人造人間製作やウォルトンの北極探検もまた、ヨーロッパ人による侵犯行為として位置づけるならば、この作品における帝国主義的侵犯はすべて挫折に終わるのである。

11 新歴史主義
new historicism

歴史主義と新歴史主義

文学作品を歴史的背景との関係において研究する方法は、古くからある。二〇世紀前半においても、大半の文学研究はこのような「歴史主義」（historicism）の方法をとるものであったといっても過言でない。では、「歴史主義」と「新歴史主義」の違いはどこにあるのだろうか。

一九三〇年代から五〇年代にかけて有力になったニュー・クリティシズムでは、作品を歴史的・社会的背景から切り離し、テクストをそれ自体自立した統一的有機体と見て、もっぱら形式分析によって研究する方法をとった。この影響によって、歴史主義的な方法は、アカデミックな批評の世界ですっかり影が薄くなってしまった。しかし一九七〇年代ころから、ニュー・クリティシズムのテクスト中心主義に対して、さまざまな反動が生じてきた。読者反応批評は、作品の意味は読者とテクストとの相互作用から生じるとする観点から、ポスト構造主義は、テクストとは内部矛盾を含んだものだとする観点から、それぞれニュー・クリティシズムを批判した。ただ、これらの立場も、依然として作品の歴史的背景という要素を無視していた点では変わりない。これに対して、一九八〇年代ころから、ふたたび「歴史」という要因を文学研究のなかに復活させたのが、「新歴史主義」の一派である。

さまざまな文学批評の変遷をへて生まれてきた「新歴史主義」は、方法的にも半世紀前の旧「歴史主義」と同じものではない。「新歴史主義」は、旧歴史主義のように出来事を重視したり、歴史を直線的・発展的なものと捉え特定の時代精神と結びつけたりするような方法をとらない。歴史を、旧歴史主義のように文学作品の「背景」と見なすのではなく、より広範なものとして捉え、社会学や文化人類学などを含む「社会科学」として位置づける点において、「新歴史主義」は新しいのである。新歴史主義では、歴史的な題材など他の領域のテクストと文学テクストとの境界を取り払うというやり方をとり、この点においてはフランスの歴史家ミシェル・フーコー（Michel Foucault, 1926–84）の方法論の影響も見られる。

では次に、同時代から文学作品以外のテクストを歴史資料として取り上げて、『フランケンシュタイン』との関連を探ってみたい。

ラ・メトリー『人間機械論』

フランケンシュタインは少年のころ、コルネリウス・アグリッパの書物に出会って心酔し、続いてアルベルトゥス・マグヌス（Albertus Magnus, 1193–1280）やパラケルスス（Paracelsus, 1493–1541）など、中世の錬金術師たちの学問に熱中する。アグリッパはドイツの神秘主義者で、ルネッサンス期の魔術哲学の最高峰とも言うべき『オカルト哲学』（*De Occulta Philosophia*, 1531–33）を著し、自然をとおして神性を認識することを提唱して、天上界よりも地上の自然界に人々の目を向けさせる機縁となった。ドミニコ会の神学者マグヌスは自然科学者でもあり、植物の生命や人間の脳について研究し、問いに答えることのできる金属製の頭脳のようなものを造ったとされる。他方、スイスの医化学者パラケルススは、人間は両親がいなくても錬金術によって生み出せると主張し、血液と排泄《はいせつ》物、精液からホムンクルスという小人を造る方法を、著作のなかに記述している。作品中ではこれらの書物の具体的内容は説明されていないが、いずれも自然の秘密を探究する著作で、人造人間を造るというアイデアをフランケンシュタインに吹き込むうえで、影響力があったものと推測できる。

では、フランケンシュタインが生きていた一八世紀には、関連のテーマについてどのような書物が世に出ていただろうか。デカルト（René Descartes, 1596–1650）は、人間の身体を精巧な自動機械のようなものとして捉えたが、人間は魂があるという点で、動物とは区別されるべきものだと考えた。フランスの医師ラ・メトリー（Julien Offroy de La Mettrie, 1709–51）は、デカルトの議論をさらに推し進めて、著書『人間機械論』（*L'homme-machine*, 1747）において、人間は魂も含めて完全に機械であり、人間の思考はたんに脳髄の物質的特性にすぎないと主張した。たしかに、まだ大脳生理学に関する知見の乏しい時代であり、「機械」のモデルになっていたのも、せいぜい時計や自動人形程度のものではあったが、このような思想が当時のキリスト教的人間観に与えた衝撃は大きかった。この考え方を一歩進めると、無生物から生命体を造ることは、なんら不可能ではないということになるからだ。ターニーは、

『人間機械論』から次の一節を引用し、ラ・メトリーがデカルトの機械論を拡張してプロメテウス伝説と結びつけていることを、指摘している（Turney, p. 16）。

人間と猿の関係は、ホイヘンス［Christiaan Huygens, 1629–95］の惑星時計とジュリアン・ル・ロワが作った二度打ち時計の関係のようなものである。惑星の運動を記録するには、時刻を記録して繰り返し時を知らせるよりも、もっと多くの機械装置や歯車、ばねが必要であり、また、発明家ヴォーカンソン［Jacques de Vaucanson, 1709–82］がアヒルを作るよりも「笛吹き」を作るのに、多くの発明の才が必要だというのなら、彼が「話す人」を作ろうとすれば、さらに多くを必要とするだろう。「話す人」という機械は、もはや不可能として片づけることはできない。とりわけ新しいプロメテウスの手にかかっては。

最後の「新しいプロメテウス」（a new Prometheus）は、『フランケンシュタイン』の副題「現代のプロメテウス」（the Modern Prometheus）と重なり、両テクストのつながりをほのめかす。こうして見ると、『フランケンシュタイン』は、たんに先行する神話や文学作品と間テクスト性［→I-13 **間テクスト性**］があるのみならず、一八世紀中葉ころに出ていた人間を機械とする新しい見方をも取り込んでいると言えるだろう。

ハンフリー・デイヴィ『化学講義序説』

フランケンシュタインがインゴルシュタットの大学で、ヴァルトマン教授の講義に初めて出席したとき、教授は化学史の概略から始めて、著名な発見者の名を挙げ、化学の現状をざっと説明したあと、近代化学への熱烈な称賛の言葉で締め括る。昔の自然科学者たちは、「不可能なことを約束して、何も成し遂げなかった」。それに対して現代の自然科学者たちは、「ほとんど約束せず」、何が不可能であるかを認識しているとして、ヴァルトマン教授は次のように続ける。

「現代の自然科学者たちの手は、泥いじりのためにあるだけで、目は顕微鏡やるつぼを覗くためにだけあるように見えるかもしれない。しかし、実は彼らこそ、奇跡を成し遂げてきたのだ。彼らは自然の奥深くを見破り、自然が隠れた場所でどのような営みをしているかを明らかにする。彼らは天にも昇ってゆく。血液の循環の仕組みや、私たちの呼吸する空気の性質も、すでに発見されている。自然科学者たちは、無限といってもよい新しい力を獲得したのだ。天の雷を支配することも、地震を真似ることも、不可視の世界に影に似たものを付けることさえ、彼らにはできるのだ」　（第三章）

翌日、フランケンシュタインがヴァルトマン教授の自宅を訪ね、個人的に話をしてみると、教授は、前代の錬金術師たちの存在意義を否定していないということがわかる。「現代の自然科学者の基礎知識の大半は、そういう人々の飽くことのない熱意のおかげを被《こうむ》っているのだ」と言って、ヴァルトマンは先達の果たした役割をも評価する。このようなヴァルトマン教授の考え方は、若きフランケンシュタインに決定的な影響力を及ぼす。彼は「もっと、もっとたくさん私は成し遂げよう。すでに印された足跡を踏んで、新しい道を切り開き、未知の力を探究し、創造の深奥の神秘を世界に明らかにしてみせるのだ」と心中で叫び、もはや何の迷いもなくまっしぐらに研究の道を突き進んでゆくのである。

ここでのヴァルトマン教授の言葉には、ハンフリー・デイヴィ（Humphry Davy, 1778-1829）の『化学講義序説』（一八〇二）や『化学哲学原論』（*Elements of Chemical Philosophy*, 1812）の影響が見られる。デイヴィは当時の著名な化学者で、メアリの父の知り合いとしてゴドウィン家に出入りしていた。また、化学に深い興味を持っていたパーシーも、デイヴィを熱心に信奉していて、メアリ自身も、一八一六年にデイヴィの書物を読んだと日記に記している。

『化学講義序説』においてデイヴィは、次のように述べている。

自然科学は人間に、外界のさまざまな部分との関係に関する知識を与え、さらには、創造的と言ってもよいような力を授ける。その力によって人間は、自分の周りの生物に修正や変更を加えることができるし、実験によって自然を調べるさいにも、ただ学者として自然の作用を消極的に知ろうとするだけではなく、むしろ自分の道具を積極的に思いのまま使える支配者としてそうするのである。しかし、自然科学によって改善され教わったことが多いといっても、私たちはこれに満足してとどまっていることなく、同様の貢献をする必要がある。（中略）科学は人間にとって多くのことをなしてきたが、さらにもっと多くのことができる。科学の発展の源泉はまだまだ汲み尽くされてはいない。（中略）自然の深奥の秘密を知り、その隠された働きを確かめ、人間の肉体的・心的性質と密接に関わる知識体系を提示したいと熱望しない者がいったいいるだろうか。（Davy, pp. 216–217）

このデイヴィの主張の内容や調子からは、ヴァルトマン教授のメッセージと同質のものが浮かび上がってくる。『化学哲学原論』の序章「化学の進歩の歴史的考察」では、デイヴィは、これまでの化学の伝統を、錬金術を含めて大きな枠組みのなかに位置づけ、化学の知識はいかに獲得されるべきかを定め、化学が人類に役立つ具体例を挙げて、化学とは「大地のシステムについての高度な計画」の一部であると主張している（Jordanova, p. 62）。歴史を振り返ることによってその延長線上に近代化学を位置づけるというやり方や、新しい化学の使命や効用を高らかに掲げる論調などにおいても、ヴァルトマンの言葉には、デイヴィの書物の反復が見られるのである。

では、『フランケンシュタイン』が書かれた当時、一般に自然科学者たちはどのような状況に置かれていたのだろうか。医学やその他の自然科学の研究者たちは、いまだ自分の研究が、魔術や超自然的なものと怪しげな関係があると言われても否定しきれないような、なにか不確実な要素があると感じていた。それゆえ研究者たちは、自分の専門分野が過去の研究にどの程度負っていて、新たにどのような研究成果が期待できるかを明らかにし、自らをその系譜上に位置づける必要に迫られていた。メアリ・シェリーはこのことを強く意識していたとされる（Jordanova, p. 63）。そのような状況のなかで、自然科学の歴史書が数多く執筆されたのである。したがって、その代表例とも言えるデイヴィの著書は、自然科学の研究者たちが不安定な状況に置かれていたことを示す反証として見ることもできるだろう。

また、一八世紀半ばころから、医師や科学者の団体が結成されたり、学術雑誌が発行されたりするなど、公的な活動が行われ始めていたが、一九世紀初めころになってもなお、大方の専門家たちは個人的に自分の家庭内で仕事をするというのが実情だった。一九世紀のイギリスでは、熱心なアマチュア科学者も多かった。メアリ・シェリーは、自然の知識への渇望に駆られ科学の歴史を意識しながら孤独な研究を続けるフランケンシュタインに、当時のイギリスのアマチュア科学者の姿を重ね合わせているのだとも言えよう。

12 文体論的批評
stylistic criticism

文体論（stylistics）とは、テクストにおける言語学的要素に着目し、作者が文やテクスト全体のなかで、語や語法などをいかに用いているかを科学的に分析する研究方法をいう。では、テクストから具体的な箇所を取り上げて、文体論的分析を試みてみよう。

［1］

次の引用は、フランケンシュタインが自分の少年時代を回想している部分である。

I feel exquisite pleasure in dwelling on the recollections of childhood, before misfortune had tainted my mind, and changed its bright visions of extensive usefulness into gloomy and narrow reflections upon self (1). Besides, in drawing the picture of my early days, I also record those events which led, by insensible steps, to my after tale of misery (2): for when I would account to myself for the birth of that passion, which afterwards ruled my destiny, I find it arise, like a mountain river, from ignoble and almost forgotten sources; but, swelling as it proceeded, it became the torrent which, in its course, has swept away all my hopes and joys (3).

不幸によって心が染まり、広く役に立ちたいという明るい未来図が、自分についての陰気な狭い考えへと変わってしまう以前の、子供時代の思い出に浸っていると、この上なく楽しい(1)。しかしまた、昔の私の姿を描き出すにあたって、知らず知らずのうちに後の不幸へとつながっていった出来事についても、記録にとどめておく(2)。というのも、のちに私の運命を支配することになった情念がいつ生まれたのかを、自分に向かって説明しようとすると、それが山に流れる川のように、ほとんど忘れ去られた恥ずべき源から生じ、流れとともに水嵩が増し、急流となって、いつしか私のすべての希望も喜びをも、押し流してしまったのがわかるのだ(3)。

（第二章）

これは、幸福な少年時代からのちの破滅へと推移してゆく過程について概略した部分である。第一の特徴は、文が長く構造が複雑だということである。第一文目は三三語からなり、第二文目はコロンでつながれた(2)と(3)をまとめて一文と見なすと七八語に及び、主節と従属節が入り組んだ実に長い文である。また、全体的に前置詞の使用が多いことも（一一〇語中一六語［一〇〇語当たり一四・五語］が前置詞。ちなみに、リーチとショートが、前置詞を異常に多く使った例として挙げているコンラッドの『密偵』［*The Secret Agent*, 1907］の一節では、前置詞が一〇〇語あたり一六・二語という統計がある）、統語上の複雑さを増す一因になっている。

第二の特徴は、文章の内容が漠然としていることである。心がいかに変わっていったかという説明部分(1)では、抽象名詞（pleasure, recollections, childhood, misfortune, mind, visions, usefulness, reflections, self）が連ねられ具象性に乏しい文が、形容詞（exquisite, bright, extensive, gloomy, narrow）によって誇張され、いっそう複雑さを帯びている。第二文目以降では、のちの運命の原因が情念（passion）にあるとされているが、それがいかに生じたかという説明に関しては、一貫して「川の生成」に譬えられている。山の川（mountain river）、急流（torrent）などの具象名詞や、物理的運動を示す動詞（swelling, proceeded, swept など）も、比喩的表現として用いられているのであって、具体的な指示性はない。「情念」を指す it, its などの代名詞は四度繰り返され、エレガント・ヴァリエーション（elegant variation）、つまり他の説明的な語句の代用によって反復を避ける表現もなく、具体的に何を指しているのか釈然としない。

　彼の情念の根源である「ほとんど忘れ去られた恥ずべき源」（ignoble and almost forgotten sources）が何であるかは、さらに曖昧模糊としている。一般的な言語の規則から逸れた内容表現によって前景化する文彩をトロープ（trope）というが、「恥ずべき源」という語彙《ごい》連結は、川の譬えのうえでは意味上の衝突を起こし、トロープの一種と見なすことができるだろう。この恥ずべき源とは、フロイト的な「無意識の衝動」のことを指し、一三、四歳のフランケンシュタインが自然と科学に取り憑かれた思いを語る言葉――「自然の秘密を貫き暴きたいという熱い憧れ」（a fervent longing to penetrate the secrets of nature）でいっぱいであるとか、自分が魅せられる科学者とは「より深く貫き、多くを知った男」(men who had penetrated deeper and knew more) であるといった表現——には、性的欲望が結びついているという解釈もある (Hindle, pp. 29–30)。

いずれにせよ、漠然とした曖昧なものの言い方をしたり言葉を濁したりするのは、フランケンシュタインという人物の特徴のひとつで、それはこのような語りの文体的特徴からもうかがわれるのである。

［2］

次の引用は、婚礼の日の夜、怪物が予言通り姿を現わすかもしれないと、フランケンシュタインがひとり待ちかまえている場面に続く箇所で、第I部13節で引用したエリザベスの遺体の描写の直前の部分である。

…; when suddenly I heard a shrill and dreadful scream (1). It came from the room into which Elizabeth had retired (2). As I heard it, the whole truth rushed into my mind, my arms dropped, the motion of every muscle and fibre was suspended (3); I could feel the blood trickling in my veins, and tingling in the extremities of my limbs (4). This state lasted but for an instant (5); the scream was repeated, and I rushed into the room (6).

……そのとき突然、耳をつんざくような恐ろしい悲鳴が聞こえた(1)。それは、エリザベスが引き下がった部屋から聞こえてきた(2)。それを聞いたとき、私はすべての真相を一気に悟り、腕がだらりと垂れ、あらゆる筋肉や繊維の動きが停止した(3)。血管のなかで血がしたたり、手足の末端がうずくのを、私は感じた(4)。この状態のまま、ほんの一瞬たった(5)。悲鳴がもう一度あがり、私は部屋に駆け込んだ(6)。

（第二三章）

この箇所は、ピリオドやセミコロンで頻繁に区切られ、文の短さが目立つ。(3)と(5)の末尾のセミコロンをピリオドに準じるものとすると、単文(4)(5)、単純な構造の節から成り立つ複文(2)(3)、短い節を並列した重文(6)などが連続し、文が簡潔である。それは、前の引用箇所［1］と比較してもわかるように、全般的に複雑な構造の長い文が多いフランケンシュタインの語りを背景として際立つ。つまり、文体論用語で言うと、テクスト内に形成された基準から外れることによって、「内的逸脱」（internal deviation）という現象が生じているのである。それゆえここでは、この瞬間の緊張感が高まると同時に、破局の瀬戸際であることが予測されるのだ。

13 透明な批評

transparent criticism

アントニー・デイヴィッド・ナトール（Anthony David Nuttall, 1937-）は、批評の種類を「不透明な批評」（opaque criticism）と「透明な批評」とに分類した。「不透明な批評」とは、テクストを客体として見て、その形式上の仕組みを、テクストの外側に立って分析する方法である。主に本書の第Ⅰ部は、テクストを言語的な構築物であることを前提とした形式主義的アプローチを取り上げたものであり、この範疇に属する。

それに対して、作品世界と読者の世界との間に仕切りが存在しないかのように、テクストのなかに入り込んで論じるような方法を「透明な批評」という。「透明な批評」の代表として有名なのは、L・C・ナイツ（L. C. Knights）が論文の題名として批判的に掲げた「マクベス夫人には何人の子供がいたか？」（"How Many Children Had Lady Machbeth ?," 1933）というような問題設定である。ナイツはこの論文において、劇の登場人物が現実の人間であるかのように、テクストから逸脱した憶測に踏み込んでゆくようなやり方を批判し、客観的な批評を推奨したのである。しかしナトールは、芸術と現実とを厳密に切り離すことは困難であり、それを突き詰めると、読者と作者を際限なく隔てて文学の喜びを粉砕するような結果となり、かえって批評を痩《や》せ細らせる危険があると述べて、透明な批評を弁護している。文学の世界の内側に入り込んでゆくことが、批評において妥当であるかどうかはさておき、読者にその自由が残されていることはたしかだ。いかに図々しくとも、それが文学作品を読む純粋な楽しみのひとつなのだから。

アーネスト・フランケンシュタインはどこへ行ったのか

では、『フランケンシュタイン』に関する透明な批評を、具体例として、ひとつ試みてみよう。「アーネスト・フランケンシュタインはどこへ行ったのか？」という設問を立ててみることにしたい。アーネストはヴィクター・フランケンシュタインの弟で、作品ではほんのわずかしか登場しない。エリザベスは、大学にいるフランケンシュタインに宛てた手紙のなかで、一六歳になったアーネストの近況を伝えている。アーネストは、兄とは違って勉強が嫌いで、いつも戸外で遊んでいるような活発な若者である。彼は軍隊に入って外国に行きたがっているが、父は反対で、少なくとも長男が家に帰ってくるまでは、だめだと言っている、というような状況が伝えられる。

怪物の復讐が始まり、フランケンシュタインの末の弟ウィリアム、友人クラヴァル、花嫁エリザベスが続いて殺される。その後フランケンシュタインは帰郷し、父とアーネストに会う。父はエリザベスを失った衝撃と悲しみで憔悴《しょうすい》しきって、数日後にフランケンシュタインの腕のなかで死んでゆく。不思議なことに、このあとアーネストに関する記述が、テクストからいっさい消える。フランケンシュタインは精神錯乱状態に陥り、狂人として牢獄《ろうごく》に入れられる。そのころの彼の記憶は定かではないが、少なくともそのときアーネストが牢獄に訪ねてきたとは、述べられていない。獄から出たあと、フランケンシュタインは怪物を捕らえるために、判事に援助を求めるが、取り合ってもらえず、自ら追跡の旅に出る。このあたりにも、いっさいアーネストは出てこない。出発の前に、フランケンシュタインは家族が埋葬されている墓地に立ち寄って行くが、アーネストに別れを告げたとは述べられていない。アーネストは、どうしたのだろうか？　彼はどこかへ行ってしまったのだろうか？

そこで、テクストのなかに入り込んで、この問題について考えてみることにしよう。アーネストはジュネーヴの家から去ったというのが、筆者の推測である。そして、彼の行き先としてもっとも可能性が高いのは、彼が以前から行きたがっていた外国駐在の軍隊ではないだろうか。アーネストは、兄の不在のせいで、家族から入隊を反対されていた。しかし、いまや父もエリザベスも死に、兄は狂人として獄中にあり、彼には家族がいないも同然で、自由の身である。しかも、兄の周辺の人物が次々と殺されてゆくというただならぬ状況のなかで、アーネストは、次は自分の番ではないかという不安に怯えていたにちがいない。このまま家にとどまっているのは危険だと感じたアーネストは、手っ取り早く、遠い国の軍隊に入ったのではないだろうか。

さて、フランケンシュタインが死んだあと、イギリスに戻ったウォルトンはどうしただろうか。最期を看取った者の責任として、彼には、フランケンシュタインの死についてしかるべきところに報告する義務がある。その対象のひとつとして浮かぶのは、死者の遺族であろうが、フランケンシュタイン家には、ただひとりアーネストしか生き残っていない。しかし、以上のような推測によれば、かりにウォルトンがアーネストに連絡をとろうとしても、容易ではなかったのではないか……。というように、いったん虚構と現実の仕切りを取り払って小説世界のなかに入ってゆくと、疑問は際限なく生じてくる。

なぜ怪物は黄色いのか

ジョン・サザーランド（John Sutherland）は、『ヒースクリフは殺人犯か?』『ジェイン・エアは幸せになれるか?』『だれがエリザベス・ベネットを裏切ったのか?』など一連の著書で、古典的小説におけるさまざまな謎について論じているが、これらのなかに収められた論文には、かなり枝葉の議論も少なくない。このなかに、「なぜ怪物は黄色いのか?」という論文がある。これも、一種の「透明な批評」的設問であると言えよう。

アン・メロアは、怪物がいわゆる「黄禍《こうか》」、つまり黄色人種がもたらすとされていた災いを象徴するからだと言う。しかし、ジョナサン・グロスマン（Jonathan Grossman）はこれに反論する。フランケンシュタインが人造人間の材料として使ったのは、ヨーロッパ人の死体であるはずだから、それでアジア人の身体を造ることは、不可能であるというのだ。そこで、怪物が黄疸《おうだん》にかかって生まれたとするのが、グロスマンの結論である。サザーランドはこの説を支持する。黄色の目といえば猫の目がそうだが、フランケンシュタインが屠畜場かどこかで猫の頭を入手したとは考えがたいと、彼は言う。

サザーランドは、ここからさらに一歩推し進めて、伝記的考察を展開する。自分が造った者に対するフランケンシュタインの嫌悪感は、女性の産後のショックと落ち込みを譬えたものだというのである。作者メアリ・シェリーは、一七歳のとき早産し、生まれた娘は数日後に死んだが、その原因が何であったかは知られていない。彼女は、翌年にはウィリアムを生み、『フランケンシュタイン』執筆中にも妊娠していた〔→II-6 フェミニズム批評（母性／産むこと）〕。だからメアリは、産後の落ち込みを経験していたし、新生児の様子も目で見て知っていたはずだ。黄疸は新生児によく見られる症状で、メアリの子供のなかのいずれかが——おそらくは最初に生まれた未熟児が——それにかかって生まれてきたのだろうと、サザーランドは推測する。このように、「透明な批評」をたんなるゲームにとどめず、そこから作品の中心部に迫ってゆくことも可能なのである。

あとがき

本書の原題は、『新・小説神髄』というものだった。小説の仕組みと読み方を示すことによって、小説とは何かという根本的な問題について考えることが、本書のそもそものねらいだったからである。しかし、それは読者を迷わせるタイトルであるとの編集者の懸念から、『批評理論入門』と改題された。構成は、「小説技法篇」と「批評理論篇」の二部より成っているが、前半の「小説技法」も、批評の切り口となる見方を示すものである点で、批評理論の一部を形成していると考えてよいだろう。

本書は、デイヴィッド・ロッジの『小説の技巧』（一九九二）と、「現代批評ケーススタディ」シリーズのヨハンナ・M・スミス編『フランケンシュタイン』の初版（一九九二）および第二版（二〇〇〇）を基底としている。

ロッジは現代のイギリスを代表する小説家で、優れた英文学研究者でもある。『小説の技巧』は、ロッジがバーミンガム大学の職を去ったあと、一般人向けに『インディペンデント・オン・サンデー』紙に週刊連載した小説論をもとに編まれた。ロッジは、小説形式のさまざまな側面として、「冒頭」から「結末」に至るまで五〇の項目を挙げ、それぞれについて英米小説から抜粋を挙げて例示している。一般に、文学批評がともすれば抽象的叙述に終始しがちであるのに対して、小説の製作者としての経験を踏まえたロッジのこの小説論は、きわめて具体性に富み、一般読者のみならず研究者にとっても豊かな示唆を与えてくれる。そこで本書の第I部では、ロッジのこの基本的姿勢に倣い、具体例を示しながら平易に解説するよう心がけた。また、具体的項目を挙げるさいにも、主として『小説の技巧』を参考にし、そのなかから適切な項目を選ぶと同時に、その他の必要事項を加えることによって、一五項目に絞った。

スミス編の『フランケンシュタイン』は、さまざまな批評理論の方法論を解説し、実際にそれらの理論を援用した『フランケンシュタイン』に関する論文を編集したものである。この「現代批評ケーススタディ」シリーズは、個々の理論が実際にどのように実践され、作品解釈のうえでいかに有効であるかを、具体的な論文をとおして例示することをねらいとして編纂されている。理論は応用されてこそ意味があり、また、ただでさえ難解な理論は、実践例をとおして初めて真に理解できるものだと、筆者は思う。そのような意味で、スミスの編集によるこの本は筆者の趣旨と合致し、ことに本書の第II部を構成するうえで、有益な手引きとなった。

スミス編の初版では、読者反応批評、精神分析批評、フェミニズム批評、マルクス主義批評、文化批評が扱われているが、第二版では、読者反応批評のかわりにジェンダー批評が取り上げられ、さらに複数の批評を多面的に援用した論文が一本付け加えられている。また同じ批評理論でも、第二版では、初版の論文を修正したものやまったく別の論文に差し替えられるなど、大幅に内容が異なるため、両方の版を参考にした。そこで挙げられている論文を本書で活用するさいには、方法論の特色が明快に現われている箇所や、『フランケンシュタイン』の解釈として興味深いと思われる部分に絞った。

そのほかにも可能なかぎり『フランケンシュタイン』に関する論文を読み、小説技法や批評理論の解説に役立つと思われる部分を拾い集めて、自説を補強した。繰り返し述べるとおり、筆者のねらいは、あくまでも小説とは何かを探ることであり、『フランケンシュタイン』という具体的作品例をとおして小説の神髄に迫ることである。願わくば、拙著がフランケンシュタインの造った怪物のごとく、残骸の寄せ集めのような奇異な様相を呈するものでないことを祈りたい。

＊

本書の構想は、平成一五年度に京都大学総合人間学部で行った英米文芸表象論講義のノートをもとにしたものである。自ら批評理論の勉強に悪戦苦闘しつつあった講義者の話を、辛抱強く熱心に聴いてくれた学生諸子に感謝したい。畏友金子幸男氏には、お忙しいなか、原稿に目を通していただいた。中公新書編集部の郡司典夫氏には、出版・編集にあたって一方ならずお世話になったことを、心よりお礼申し上げたい。

平成一七年一月

廣野由美子

☆文体論的批評

Bradford, Richard. *Stylistics*. New Critical Idiom series. London: Routledge, 1997.

Carter, Ronald & Paul Simpson, eds. *Language, Discourse and Literature: An Introductory Reader in Discourse Stylistics*. London: Routledge, 1988.

Fowler, Roger. *Linguistics and the Novel*. London: Methuen, 1977. [ロジャー・ファウラー『言語学と小説』豊田昌倫（訳）、紀伊國屋書店、1979]

Guerin, Wilfred L. et al.（→☆全般）[第6章に、文体論的批評についての解説がある。]

*Hindle, Maurice.（→2――『フランケンシュタイン』関連文献）

Leech, Geoffrey N. & Michael H. Short. *Style in Fiction: A Linguistic Introduction to English Fictional Prose*. London: Longman, 1981. [ジェフリー・N・リーチ、マイケル・H・ショート『小説の文体』筧壽雄（監修）、研究社、2003]

Sebeok, Thomas A. ed. *Style in Language*. Cambridge: Massachusetts Institute of Technology Press, 1960.

☆透明な批評

Nuttall, Anthony David. *A New Mimesis: Shakespeare and the Representation of Reality*. London: Methuen, 1983. [アントニー・デイヴィッド・ナトール『ニュー・ミメーシス』山形和美、山下孝子（訳）、法政大学出版局、1999]

Sutherland, John. *Is Heathcliff A Murderer ?: Puzzles in 19th-Century Fiction*. Oxford: Oxford University Press, 1996.

――. *Can Jane Eyre Be Happy ?: More Puzzles in Classic Fiction*. Oxford: Oxford University Press, 1997.

*――. "Why Is the Monster Yellow ?" *Who Betrays Elizabeth Bennet ?: Further Puzzles in Classic Fiction*. Oxford: Oxford University Press, 1999. pp. 39-43.

Storey, John. *An Introductory Guide to Cultural Theory and Popular Culture*. Athens: University of Georgia Press, 1993.
*Turney, Jon.（→ 2 ——『フランケンシュタイン』関連文献）
*Zakharieva, Bouriana. "Frankeenstein of the Nineties: The Composite Body." In [2] Smith (2000), pp. 416-431.

☆ポストコロニアル批評

Ashcroft, Bill, et al. *The Empire Writes Back: Theory and Practice in Post-colonial Literatures*. London: Routledge, 1989. [ビル・アッシュクロフト他『ポストコロニアルの文学』木村茂雄（訳）、青土社、1998]
——, et al. *The Post-Colonial Studies Reader*. London: Routledge, 1994.
Barker, F. et al. eds. *Colonial Discourse/Postcolonial Theory*. Mancehster: Manchester University Press, 1994.
Loomba, Ania. *Colonialism/Postcolonialism*. New Critical Idiom series. London: Routledge, 1998. [アーニャ・ルーンバ『ポストコロニアル理論入門』吉原ゆかり（訳）、松柏社、2001]
Said, Edward W. *Culture and Imperialism*. New York: Vintage Books, 1994. [エドワード・W・サイード『文化と帝国主義』(1)(2)、大橋洋一（訳）、みすず書房、1998/2001]
——. *Orientalism*. London: Routledge & Kegan Paul, 1978. [E・W・サイード『オリエンタリズム』(上)(下)、今沢紀子（訳）、平凡社、1993]
*Spivak, Gayatri Chakravorty. "Three Women's Texts and a Critique of Imperialism." In [2] Botting, pp. 235-260.

☆新歴史主義

Colebrook, Claire. *New Literary Histories: New Historicism and Contemporary Criticism*. Manchester: Manchester University Press, 1997.
Davy, Humphry. *A Discourse, Introductory to a Course of Lectures on Chemistry*. In [2] Smith (2000), pp. 211-221.
Gallagher, Catherine & Stephen Greenblatt. *Practicing New Historicism*. Chicago: University of Chicago Press, 2000.
Hamilton, Paul. *Historicism*. New Critical Idiom series. London: Routledge, 1996.
*Jordanova, Ludmilla. "Melancholy Reflection: Constructing an Identity for Unveilers of Nature." In [2] Bann, pp. 60-76.
*Turney, Jon.（→ 2 ——『フランケンシュタイン』関連文献）
Veeser, H. Aram, ed. *The New Historicism*. New York: Routledge, 1989.

Kaplan, Cora. *Genders*. New Critical Idiom series. London: Routledge, 2000.
*Michel, Frann. "Lesbian Panic and Mary Shelley's *Frankenstein*." In [2] Smith (2000), pp. 349-367.
Sedgwick, Eve Kosofsky. *Between Men: English Literature and Male Homosocial Desire*. New York: Columbia University Press, 1988. [イヴ・K・セジウィック『男同士の絆』上原早苗、亀澤美由紀（訳）、名古屋大学出版会、2001]

☆マルクス主義批評

Eagleton, Terry. *Marxism and Literary Criticism*. Berkeley: University of California Press, 1976.
Frow, John. *Marxism and Literary History*. Cambridge: Harvard University Press, 1986.
Kettle, Arnold. *An Introduction to the English Novel*. 2 vols. New York: Harper, 1960. [マルクス主義批評によるイギリス小説論。]
Laing, Dave. *The Marxist Theory of Art*. Brighton: Harvester, 1978.
*Montag, Warren. "The 'Workshop of Filthy Creation': A Marxist Reading of *Frankenstein*." In [2] Smith (2000), pp. 384-395.
*Moretti, Franco. *Signs Taken for Wonders*. London: New Left, 1983.

☆文化批評

*Baldick, Chris. (→ 2 ——『フランケンシュタイン』関連文献)
*Branagh, Kenneth. "Frankenstein Reimagined." In [1] Fleischer, pp. 305-313.
During, Simon, ed. *The Cultural Studies Reader*. New York: Routledge, 1993.
Easthope, Antony. *Literary into Cultural Studies*. New York: Routledge, 1991.
*Grant, Michael. "James Whale's *Frankenstein*: The Horror Film and the Symbolic Biology of the Cinematic Monster." In [2] Bann, pp. 113-135.
Gunn, Giles. *The Culture of Criticism and the Criticism of Culture*. New York: Oxford University Press, 1987.
*James, Louis. "Frankenstein's Monster in Two Traditions." In [2] Bann, pp. 77-94.
*Jones, Stephen. *The Illustrated 'Frankenstein' Movie Guide*. London: Titan Book, 1994.
Mulhern, Francis. *Culture/Metaculture*. New Critical Idiom series. London: Routledge, 2000.
*O'Flinn, Paul. "Production and Reproduction: The Case of *Frankenstein*." In [2] Botting, pp. 21-47.

*Johnson, Barbara. "My Monster/My Self." In [2] Hunter, pp. 241-251.
Jung, C. G. *The Archetypes and the Collective Unconscious*. New York: Pantheon Books, 1959.
*Kaplan, Morton. "Fantasy of Paternity and the Doppelgänger: Mary Shelley's *Frankenstein*." *The Unspoken Motive: A Guide to Psychoanalytic Literary Criticism*. Eds. Kaplan and Robert Kloss. New York: Free Press, 1973, pp. 119-145.
Mellard, James M. *Using Lacan, Reading Fiction*. Urbana: University of Illinois Press, 1991.

☆フェミニズム批評
de Lauretis, Teresa, ed. *Feminist Studies/Critical Studies*. Bloomington: Indiana University Press, 1986.
Gilbert, Sandra M. & Susan Gubar. *The Madwoman in the Attic: The Woman Writer and the Nineteenth-Century Literary Imagination*. New Haven: Yale University Press, 1979.
Herndl, Diana Price & Robyn Warhol, eds. *Feminisms: An Anthology of Literary Theory and Criticism*. New Brunswick: Rutgers University Press, 1991.
*Johnson, Barbara. "My Monster/My Self." In [2] Hunter, pp. 241-251.
Malson, Micheline, et al. eds. *Feminist Theory in Practice and Process*. Chicago: University of Chicago Press, 1986.
*Moers, Ellen. "Female Gothic: The Monster's Mother." *Literary Women*. Garden City: Doubleday, 1976.
Showalter, Elaine, ed. *The New Feminist Criticism: Essays on Women, Literature, and Theory*. New York: Pantheon, 1985.

☆ジェンダー批評
de Lauretis, Teresa. *Technologies of Gender: Essays on Theory, Film, and Fiction*. Bloomington: Indiana University Press, 1987.
Flynn, Elizabeth A. & Patrocinio P. Schweickart, eds. *Gender and Reading: Essays on Readers, Texts, and Contexts*. Baltimore: Johns Hopkins University Press, 1986.
Foucault, Michel. *The History of Sexuality*. Vol.1. Trans. Robert Hurley. New York: Random House, 1978. [ミシェル・フーコー『性の歴史 1　知への意志』渡辺守章（訳）、新潮社、1986]
Fuss, Diana, ed. *Inside/Out: Lesbian Theories, Gay Theories*. New York: Routledge, 1991.
*Hindle, Maurice.（→ 2 ——『フランケンシュタイン』関連文献）

*Lowe-Evans, Mary. "Reading with a 'Nicer Eye': Responding to *Frankenstein*." In [2] Smith (1992), pp. 215–229. [読むこととは時間的過程であるとするフィッシュの考え方を基盤として、自分の講義の進行にそって学生の反応を調査し、それをまとめるというスタイルをとった論文。]

Tompkins, Jane P. ed. *Reader-Response Criticism: From Formalism to Post-Structuralism*. Baltimore: Johns Hopkins University Press, 1980. [読者反応批評論集。]

☆脱構築批評

*Botting, Fred. (→☆読者反応批評)

Burke, Edmund. *Reflections on the Revolution in France*. 1790. Ed. Conor Cruise O'Brien. Harmondsworth: Penguin, 1983.

Culler, Jonathan. *On Deconstruction: Theory and Criticism After Structuralism*. Ithaca: Cornell University Press, 1982.

Derrida, Jacques. *Of Grammatology*. 1967. Trans. Gayatri C. Spivak. Baltimore: Johns Hopkins University Press, 1976.

——. *Dissemination*. 1972. Trans. Barbara Johnson. Chicago: University of Chicago Press, 1981.

Miller, J. Hillis. "Stevens' Rock and Criticism as Cure." *The Georgia Review* 30 (1976), pp. 5–31, pp. 330–348.

*Musselwhite, David E. (→ 2 ——『フランケンシュタイン』関連文献)

Norris, Christopher. *Deconstruction: Theory and Practice*. London: Methuen, 1982.

富山太佳夫（編）『現代批評のプラクティス 1　ディコンストラクション』研究社出版、1997

☆精神分析批評

Bloom, Harold. *The Anxiety of Influence: A Theory of Poetry*. New York: Oxford University Press, 1973.

*Bronfen, Elisabeth. "Rewriting the Family: Mary Shelley's *Frankenstein* in its Biographical/Textual Context." In [2] Bann, pp. 16–38.

*Collings, David. "The Monster and the Maternal Thing: Mary Shelley's Critique of Ideology." In [2] Smith (2000), pp. 280–295.

Frazer, James G. *The Golden Bough*. Abridged edition. New York: Macmillan, 1922.

Guerin, Wilfred L. et al. (→☆全般)

Freud, Sigmund. *Introductory Lectures on Psycho-Analysis*. Trans. Joan Riviere. London: Allen, 1922.

Botting, Fred. *Gothic*. New Critical Idiom series. London: Routledge, 1996. [ゴシック小説概説。]

Clute, John & Peter Nicholls, eds. *The Encyclopedia of Science Fiction*. London: Orbit, 1993. [サイエンス・フィクション事典。]

Frye, Northrop. *Anatomy of Criticism: Four Essays*. Princeton, N.J.: Princeton University Press, 1957. [ノースロップ・フライ『批評の解剖』海老根宏・他（訳)、法政大学出版局、1980]

*Hindle, Maurice. "Introduction." *Frankenstein*. Ed. Hindle. Harmondsworth: Penguin, 1992.

Hirsch, E.D. *Validity in Interpretation*. New Haven: Yale University Press, 1967.

*Levine, George. "*Frankenstein* and the Tradition of Realism." 1973. In [2] Hunter, pp. 208–214. [リアリズム小説論。]

Roberts, Adam. *Science Fiction*. New Critical Idiom series. London: Routledge, 2000. [サイエンス・フィクション概説。]

Rodway, Allan. "Generic Criticism: The Approach Through Type, Mode, and Kind." In *Contemporary Criticism*. Stradford-Upon-Avon Studies 12. Ed. Malcolm Bradbury & David Palmer. London: Edward Arnold, 1970.

Suvin, Darko. *Metamorphoses of Science Fiction: On the Poetics and History of a Literary Genre*. New Haven: Yale University Press, 1979. [サイエンス・フィクション論。]

Todorov, Tzvetan. *The Fantastic: A Structural Approach to a Literary Genre*. 1973. Trans. Richard Howard. New York: Cornell University Press, 1975. [ツヴェタン・トドロフ『幻想文学論序説』三好郁朗（訳)、東京創元社、1999]

☆読者反応批評

*Botting, Fred. "Reflections of Excess: *Frankenstein*, the French Revolution, and Monstrosity". In [2] Smith (2000), pp. 435–449.

Fish, Stanley E. "Literature in the Reader: Affective Stylistics." *New Literary History* 2 (1970): pp. 123–161.

Holland, Norman N. "Unity Identity Text Self." *PMLA* 90 (1975), pp. 813–822.

Holub, Robert C. *Reception Theory: A Critical Introduction*. New York: Methuen, 1984.

Iser, Wolfgang. *The Implied Reader: Patterns of Communication in Prose Fiction from Bunyan to Beckett*. Baltimore: Johns Hopkins University Press, 1974.

——. *The Act of Reading: A Theory of Aesthetic Response*. Baltimore: Johns Hopkins University Press, 1978.

Eagleton, Terry. *Literary Theory: An Introduction*. 2nd edition. 1983; rpt. Minneapolis: University of Minnesota Press, 1996 [T・イーグルトン『文学とは何か』大橋洋一（訳）、岩波書店、1985]
Guerin, Wilfred L. et al. *A Handbook of Critical Approaches to Literature*. 2nd edition. New York: Harper & Row, 1979. [W・L・ゲーリン他『文学批評入門』日下洋右・青木健（訳）、彩流社、1986]
Harland, Richard. *Literary Theory from Plato to Barthes: An Introductory History*. London: Macmillan, 1999.
Selden, Raman. *A Readrer's Guide to Contemporary Literary Theory*. Brighton: Harvester Press, 1985. [ラマーン・セルデン『ガイドブック・現代文学理論』栗原裕（訳）、大修館書店、1989]
——. *Practising Theory and Reading Literature: An Introduction*. Harlow: Pearson Education, 1989. [ラマーン・セルデン『現代の文学批評』鈴木良平（訳）、彩流社、1994]
Wellek, René & Austin Warren. *Theory of Literature*. 1949; 3rd edition. Harmondsworth: Peregrine, 1963.
岡本靖正・他（編）『現代の批評理論』第1～3巻、研究社出版、1988
丹治愛（編）『知の教科書　批評理論』講談社、2003

☆伝統的批評

Altick, Richard D. & John J. Fenstermaker. *The Art of Literary Research*. 4th edition. New York: Norton, 1993.
*Anonymous. *Edinburgh Magazine* (Mar. 1818). In [2] Hunter, pp. 191–196.
*Croker, John. *Quarterly Review*. (Jan. 1818). In [2] Hunter, pp. 187–190.
*Goldberg, M. A. "Moral and Myth in Mrs. Shelley's *Frankenstein*." *Keats-Shelley Journal* 8.1 (Win. 1959), pp. 27–38.
*Haweis, Hugh Reginald. "Introduction to the Routledge World Library Edition." 1886. In [2] Hunter, pp. 200–201.
Leavis, F. R. *The Great Tradition: George Eliot, Henry James, Joseph Conrad*. 1948; rpt. Harmondsworth: Penguin, 1972. [代表的な道徳的批評。]
*McLane, Maureen Noelle. "Literate Species: Populations, 'Humanities', and *Frankenstein*." *ELH* 63.4 (Win. 1996), pp. 959–988.
*Shelley, Percy Bysshe. "On *Frankenstein*." 1817. In [2] Hunter, pp. 185–186.

☆ジャンル批評

Aldiss, Brian. *Billion Year Spree: A History of Science Fiction*. New York: Doubleday, 1973. [第1章は、サイエンス・フィクション創始者としてのメアリ・シェリー論。]

Fiction. 2nd edition. Durham: Duke University Press, 1996. [小説論のアンソロジー。]

Hughes, George. *Reading Novels*. Nashville: Vanderbilt University Press, 2002.

Lodge, David. *The Art of Fiction*. Harmondsworth: Penguin, 1992. [デイヴィッド・ロッジ『小説の技巧』柴田元幸・斎藤兆史（訳)、白水社、1997]

Miller, J. Hillis. *Fiction and Repetition: Seven English Novels*. Oxford: Basil Blackwell, 1982. [J・ヒリス・ミラー『小説と反復』玉井暲・他（訳)、英宝社、1991。反復についての考察。]

——. *Ariadne's Thread: Story Lines*. New Haven: Yale University Press, 1992. [J・ヒリス・ミラー『アリアドネの糸』吉田幸子・他（監訳)、英宝社、2003。ストーリー・ライン、キャラクター等に関する考察。]

Onega, Susana & José Angel García Landa, eds. *Narratology*. London: Longman, 1996. [物語論に関する論文集。]

Poe, Edgar Allan. "The Philosophy of Composition." *Essays and Miscellanies*, Vol. 14 of *The Complete Works of Edgar Allan Poe*, 17 vols. New York: AMS Press, 1965. [エドガー・アラン・ポオ『詩と詩論』福永武彦（訳)、東京創元社、1996]

Rimmon-Kenan, Shlomith. *Narrative Fiction: Contemporary Poetics*. London: Routledge, 1983. [ストーリー、テクスト、語り等に関する考察。]

Shklovsky, Viktor. *Theory of Prose*. Trans. Benjamin Sher. Elmwood Park: Dalkey Archive Press, 1990. [異化についての考察。]

Wheelwright, Philip. *Metaphor and Reality*. Bloomington: Indiana University Press, 1962. [メタファー、象徴等に関する考察。]

5——批評理論（*印は、『フランケンシュタイン』に関する論文）

☆全般

Barry, Peter. *Beginning Theory: An Introduction to Literary and Cultural Theory*. 2nd edition. Manchester: Manchester University Press, 2002.

Culler, Jonathan. *Literary Theory: A Very Short Introduction*. Oxford: Oxford University Press, 1997. [ジョナサン・カラー『文学理論』荒木映子・富山太佳夫（訳)、岩波書店、2003]

Eaglestone, Robert. *Doing English: A Guide for Literature Students*. 2nd edition. London: Routledge, 2002. [ロバート・イーグルストン『「英文学」とは何か』川口喬一（訳)、研究社、2003。英文学の研究方法全般に関する入門書。訳書には、補注が添えられている。]

Longman, 1992. ［マーティン・グレイ『英米文学用語辞典』丹羽隆昭（訳）、ニューカレントインターナショナル、1990］
Hawthorn, Jeremy, ed. *A Concise Glossary of Contemporary Literary Theory*. London: Edward Arnold, 1992.
Lentricchia, Frank & Thomas McLaughlin, eds. *Critical Terms for Literary Study*. 2nd edition. Chicago: University of Chicago Press, 1995.
Morner, Kathleen & Ralph Rausch, eds. *NTC's Dictionary of Literary Terms.* Lincolnwood: NTC Publishing, 1991.
Prince, Gerald. *A Dictionary of Narratology*. Lincoln: University of Nebraska Press, 1987. ［ジェラルド・プリンス『物語論辞典』遠藤健一（訳）、松柏社、1991］
Wolfreys, Julian, et al. eds. *Key Concepts in Literary Theory*. Edinburgh: Edinburgh University Press, 2002.
川口喬一・岡本靖正（編）『最新文学批評用語辞典』研究社出版、1998

4 ──小説技法

Allen, Graham. *Intertextuality*. New Critical Idiom series. London: Routledge, 2000. ［間テクスト性概説。］
Bal, Mieke. *Narratology: Introduction to the Theory of Narrative*. Trans. Christine Van Boheemen. 1985; 2nd edition. Toronto: University of Toronto Press 1997. ［物語論概説。］
Booth, Wayne C. *The Rhetoric of Fiction*. 2nd edition. Chicago: University of Chicago Press, 1983. ［ウェイン・C・ブース『フィクションの修辞学』米本弘一・他（訳）、書肆風の薔薇、1991］
Cobley, Paul. *Narrative*. New Critical Idiom series. London: Routledge, 2001.
Colebrook, Claire. *Irony*. New Critical Idiom series. London: Routledge, 2004. ［アイロニー概説。］
Forster, E. M. *Aspects of the Novel*. Ed. Oliver Stallybrass. 1927; rpt. Harmondsworth: Penguin, 1990. ［E・M・フォースター『小説の諸相』（E・M・フォースター著作集８）中野康司（訳）、みすず書房、1994］
Genette, Gérard. *Narrative Discourse: An Essay in Method*. Trans. Jane E. Lewin. New York: Cornell University Press, 1980. ［ジェラール・ジュネット『物語のディスクール』花輪光・和泉涼一（訳）、水声社、1985。語りの順序・持続・頻度・叙法・態について論じた物語論。］
Harvey, W. J. *Character and the Novel*. London: Chatto & Windus, 1965. ［キャラクター論。］
Hoffman, Michael J. & Patrick D. Murphy, eds. *Essentials of the Theory of*

1814-1844. Baltimore: Johns Hopkins University Press, 1987.
Hindle, Maurice. *Mary Shelley, Frankenstein*. Penguin Critical Studies series. Harmondsworth: Penguin, 1994.
Hunter, J. Paul, ed. *Frankenstein*. Norton Critical edition. New York: Norton, 1996. [『フランケンシュタイン』のテクスト、関連資料、批評論文を収録。]
Lecercle, Jean-Jacques. *Frankenstein, mythe et philosophie*. Paris: Presses Universitaires de France, 1988. [J＝J・ルセルクル『現代思想で読むフランケンシュタイン』今村仁司・澤里岳史（訳）、講談社、1997]
Mellor, Anne K. *Mary Shelley: Her Life, Her Fiction, Her Monsters*. New York: Routledge, 1989.
Musselwhite, David E. "*Frankenstein*: The Making of a Monster." *Partings Welded Together: Politics and Desire in the Nineteenth-Century Novel*. London: Methuen, 1987.
Schor, Esther, ed. *The Cambridge Companion to Mary Shelley*. Cambridge: Cambridge University Press, 2003.
Smith, Johanna M. ed. *Frankenstein*. Case Studies in Contemporary Criticism series. Boston: Bedford/St. Martin's Press, 1st edition. 1992; 2nd edition. 2000. [Part 1に『フランケンシュタイン』のテクスト、Part 2に批評理論解説と『フランケンシュタイン』論、巻末に批評用語集を収録。]
Turney, Jon. *Frankenstein's Footsteps: Science, Genetics and Popular Culture*. New Haven: Yale University Press, 1998. [ジョン・ターニー『フランケンシュタインの足跡』松浦俊輔（訳）、青土社、1999]
榎本眞理子『イギリス小説のモンスターたち』彩流社、2001

3——文学批評用語

Abrams, M. H. ed. *A Glossary of Literary Terms*. 7th edition. Boston: Heinle & Heinle, 1999.
Childers, Joseph & Gary Hentzi, eds. *The Columbia Dictionary of Modern Literary and Cultural Criticism*. New York: Columbia University Press, 1995. [ジョゼフ・チルダーズ、ゲーリー・ヘンツィ（編）『コロンビア大学現代文学・文化批評用語辞典』杉野健太郎・他（訳）、松柏社、1998]
Drabble, Margaret & Jenny Stringer, eds. *The Concise Oxford Companion to English Literature*. Rev.edition. Oxford: Oxford University Press, 1996. [英米の作家・作品のほか、批評用語に関する解説項目もある。]
Gray, Martin, ed. *A Dictionary of Literary Terms*. 2nd edition. Harlow:

参考文献

1 ──『フランケンシュタイン』テクスト

Shelley, Mary. *Frankenstein*. Ed. Marilyn Butler. Oxford: Oxford University Press, 1993. [原作の初版（1818）をもとにしている。]

Shelley, Mary. *Frankenstein*. Ed. Maurice Hindle. Harmondsworth: Penguin, 1992. [原作の第3版（1831）をもとにしている。]

Shelley, Mary. *Frankenstein*. Ed. Johanna M. Smith. Case Studies in Contemporary Criticism series. 2nd edition. Boston: Bedford/St. Martin's Press, 2000. [原作の第3版（1831）をもとにしている。本書では、このテクストを使用した。]

Fleischer, Leonore. *Mary Shelley's Frankenstein*. London: Pan Books, 1994. [ケネス・ブラナー監督映画（1994）の脚本を小説化したもの。「あとがき」として、Kenneth Branagh, "Frankenstein Reimagined" が収録されている。]

☆翻訳

M・W・シェリー作／臼田昭（訳）『フランケンシュタイン』国書刊行会、1979

メアリ・シェリー作／森下弓子（訳）『フランケンシュタイン』東京創元社、1984

メアリー・シェリー作／山本政喜（訳）『フランケンシュタイン』角川書店、1994

2 ──『フランケンシュタイン』関連文献

Baldick, Chris. *In Frankenstein's Shadow: Myth, Monstrosity, and Nineteenth-Century Writing*. Oxford: Oxford University Press, 1987. [クリス・ボルディック『フランケンシュタインの影の下に』谷内田浩正・他（訳）、国書刊行会、1996]

Bann, Stephen, ed. *Frankenstein: Creation and Monstrosity*. London: Reaction Books, 1994. [スティーヴン・バン（編）『怪物の黙示録』遠藤徹（訳）、青弓社、1997]

Botting, Fred, ed. *Frankenstein*. New Casebooks series. London: Macmillan, 1995. [『フランケンシュタイン』に関する論文集。]

Feldman, Paula R. & Diana Scott-Kilvert, eds. *The Journals of Mary Shelley*,

●ヤ行

●ラ行

●ワ行

●マ行

索 引

●ナ行

●ハ行

●タ行

［索　引］

◎作品名は、作者がわかる場合、作者名の下位区分とし、２字下げして挙げた。
◎節や項として取り上げた項目については、当該の節・項のページ全体をイタリック体（例：*68-76*）で示した。

廣野由美子（ひろの・ゆみこ）

1958年生まれ．1982年，京都大学文学部（独文学専攻）卒業．1991年，神戸大学大学院文化学研究科博士課程（英文学専攻）単位取得退学．学術博士．現在，京都大学国際高等教育院副教育院長．英文学，イギリス小説を専攻．1996年，第4回福原賞受賞．

著書『小説読解入門』（中公新書）
『シンデレラはどこへ行ったのか』（岩波新書）
『ミステリーの人間学』（岩波新書）
『深読みジェイン・オースティン』（NHK出版）
『謎解き「嵐が丘」』（松籟社）
『一人称小説とは何か』（ミネルヴァ書房）
『視線は人を殺すか』（ミネルヴァ書房）
ほか

訳書 ジョージ・エリオット『ミドルマーチ』1～4（光文社古典新訳文庫）
オースティン『説得』（光文社古典新訳文庫）
ほか

批評理論入門《ひひょうりろんにゅうもん》
中公新書 *1790*

2005年3月25日初版
2024年6月30日17版

著　者　廣野由美子
発行者　安部順一

本文印刷　暁印刷
カバー印刷　大熊整美堂
製　　本　小泉製本

発行所　中央公論新社
〒100-8152
東京都千代田区大手町1-7-1
電話　販売 03-5299-1730
　　　編集 03-5299-1830
URL https://www.chuko.co.jp/

Published by CHUOKORON-SHINSHA, INC.
Printed in Japan　ISBN978-4-12-101790-1 C1298

中公新書

言語・文学・エッセイ

j1

- 433 日本語の個性（改版） 外山滋比古
- 533 日本の方言地図 徳川宗賢編
- 2493 日本語を翻訳するということ 牧野成一
- 500 漢字百話 白川静
- 2213 漢字再入門 阿辻哲次
- 1755 部首のはなし 阿辻哲次
- 2534 漢字の字形 落合淳思
- 2430 謎の漢字 笹原宏之
- 2363 外国語を学ぶための言語学の考え方 黒田龍之助
- 1880 近くて遠い中国語 阿辻哲次
- 1833 ラテン語の世界 小林標
- 1971 英語の歴史 寺澤盾
- 2407 英単語の世界 寺澤盾
- 1533 英語達人列伝 斎藤兆史
- 1701 英語達人塾 斎藤兆史
- 2165 英文法の魅力 里中哲彦
- 2628 英文法再入門 澤井康佑
- 2684 中学英語「再」入門 澤井康佑
- 2637 英語の読み方 北村一真
- 1448 「超」フランス語入門 西永良成
- 352 日本の名作 小田切進
- 2556 日本近代文学入門 堀啓子
- 2609 現代日本を読む―ノンフィクションの名作・問題作 武田徹
- 563 幼い子の文学 瀬田貞二
- 2156 源氏物語の結婚 工藤重矩
- 2585 徒然草 川平敏文
- 1798 ギリシア神話 西村賀子
- 2382 シェイクスピア 河合祥一郎
- 2242 オスカー・ワイルド 宮崎かすみ
- 275 マザー・グースの唄 平野敬一
- 2404 ラテンアメリカ文学入門 寺尾隆吉
- 1790 批評理論入門 廣野由美子
- 2641 小説読解入門 廣野由美子